張愛玲

對照記

散文集三

一九九〇年代

主編的話

在文學的長河裡，張愛玲的文字是璀璨的金沙，歷經歲月的淘洗而越發耀眼，而張愛玲的身影也在無數讀者心中留下無可取代的印記。

為紀念張愛玲百歲誕辰及逝世二十五週年，「張愛玲典藏」特別重新改版，此次以張愛玲親筆手繪插圖及手寫字重新設計封面，期盼能帶給讀者全新的感受，並增加收藏的意義。

「張愛玲典藏」根據文類和作品發表年代編纂而成，包括張愛玲各時期的長篇小說、短篇小說、散文和譯作等，共十八冊，其中散文集《悵然記》、《對照記》本次改版並將增訂收錄近年新發掘出土的文章。

一樣的悸動，一樣的懷想，就讓我們透過全新面貌的「張愛玲典藏」，珍藏心底最永恆的文學傳奇。

目錄

對照記——看老照相簿

「三搬當一燒」，我搬家的次數太多，平時也就「丟三臘四」的，一累了精神渙散，越是怕丟的東西越是要丟。倖存的老照片就都收入全集內，藉此保存。

【圖一】左邊是我姑姑，右邊是堂姪女妞兒——她輩份小，她的祖父張人駿是我祖父的堂姪。我至多三四歲，因為我四歲那年夏天我姑姑就出國了，不會在這裏。我的面色彷彿有點來意不善。

【圖二】面團團的，我自己都不認識了。但是不是我又是誰呢？把親戚間的小女孩都想遍了，全都不像。倒是這張籐几很眼熟，還有這件衣服——不過我記得的那件衣服是淡藍色薄綢，印著一蓬蓬白霧。T字形白綢領，穿著有點傻頭傻腦的，我並不怎麼喜歡，只感到親切。隨又記起那天我非常高興，看見我母親替這張照片著色。一張小書桌迎亮擱在裝著玻璃窗的狹窄的小洋台上，北國的陰天下午，仍舊相當幽暗。我站在旁邊看著，雜亂的桌面上有黑鐵水彩畫顏料盒，細瘦的黑鐵管毛筆，一杯水。她把我的嘴唇畫成薄薄的紅唇，衣服也改填最鮮艷的藍綠色。那是她的藍綠色時期。

我第一本書出版，自己設計的封面就是整個一色的孔雀藍，沒有圖案，只印上黑字，不留半點空白，濃稠得使人窒息。以後才聽見我姑姑說我母親從前也喜歡這顏色，衣服全是或深或淺的藍綠色。我記得牆上一直掛著的她的一幅油畫習作靜物，也是以湖綠色為主。遺傳就是這樣神秘飄忽——我就是這些不相干的地方像她，她的長處一點都沒有，氣死人。

【圖三】在天津家裏，一個比較簡樸的半舊花園洋房，沒草坪。戴眼鏡的是我父親，我姑姑，餘為我母親與兩個「大姪姪」，妞兒的弟兄們。

我母親故後遺物中有我父親的一張照片，被我丟失了。看來是直奉戰爭的時候寄到英國去的，在照相館的硬紙夾上題了一首七絕，第一、第三句我只記得開首與大意：

才聽津門（「金甲鳴」？是我瞎猜，「鳴」字大概也不押韻。）

又聞塞上鼓鼙聲

書生（自愧只坐擁書城？）

兩字平安報與卿

因為他娶了妾，又吸上鴉片，她終於藉口我姑姑出國留學需要女伴監護，同去英國，一去四年。他一直催她回來，答應戒毒，姨太太也走了。回來也還是離了婚。她總是叫我不要怪我父親。

【圖四】我喜歡我四歲的時候懷疑一切的眼光。

我母親與姑姑去後，妞大姪姪與她眾多的弟兄們常常輪流來看我和我弟弟，寫信去告訴她們。

不光是過年過節，每隔些時老女僕也帶我到他們家去。我弟弟小時候體弱多病，所以大都是我一個人去。路遠，坐人力車很久才到。冷落偏僻的街上，整條街都是這一幢低矮的白泥殼平房，長長一帶白牆上一扇黝黑的原木小門緊閉。進去千門萬戶，穿過一個個院落與院子裏陰暗的房間，都住著投靠他們的親族。雖然是傳統的房屋的格式，簡陋得全無中國建築的特點。房間裏女眷站起來向我們微笑著待招呼不招呼，小戶人家被外人穿堂入戶的窘笑。大姪姪們一個都不見。帶路的僕人終於把我們領到了一個光線較好的小房間。一個高大的老人永遠坐在籐躺椅上，此外似乎沒什麼家具陳設。

我叫聲「二大爺。」

「認多少字啦？」他總是問。再沒第二句話。然後就是「背個詩我聽。」「再背個。」還是我母親在家的時候教我的幾首唐詩，有些字不認識，就只背誦字音。他每次聽到「商女不知亡國恨，隔江猶唱後庭花」就流淚。

他五十幾歲的瘦小的媳婦小腳伶仃站在房門口伺候。他問了聲「有什麼吃噠？」她回說「有包子，有盒子。」他點點頭，叫我「去玩去。」

她叫了個大姪姪來陪我，自去廚下做點心。一大家子人的伙食就是她一個人上灶，在旁邊

幫忙的女傭不會做菜。

「革命黨打到南京，二大爺坐隻籮筐在城牆上縋下去的，」我家裏一個年青的女傭悄悄笑著告訴我。她是南京人。

多年後我才恍惚聽見說他是最後一個兩江總督張人駿。一九六〇初，我在一個美國新聞記者寫的《端納傳》（《中國的端納》，Donald of China）上看到總督坐籮筐縋出南京圍城的記載，也還不十分確定是他，也許因為過去太熟悉了，不大能接受。書中寫國民政府的端納顧問初到中國，到廣州去見他，那時候他是兩廣總督。端納貢獻意見大發議論，他一味笑著直點頭，帽子上的花翎亂顫。那也是清末官場敷衍洋人的常態。

「他們家窮因為人多，」我曾經聽我姑姑說過。

彷彿總比較是多少是個清官，不然何至於一寒至此。

我姑姑只憤恨他把妞大姪姪嫁給一個肺病已深的窮親戚，生了許多孩子都有肺病，無力醫治。妞兒在這裏的兩張照片上已經定了親。

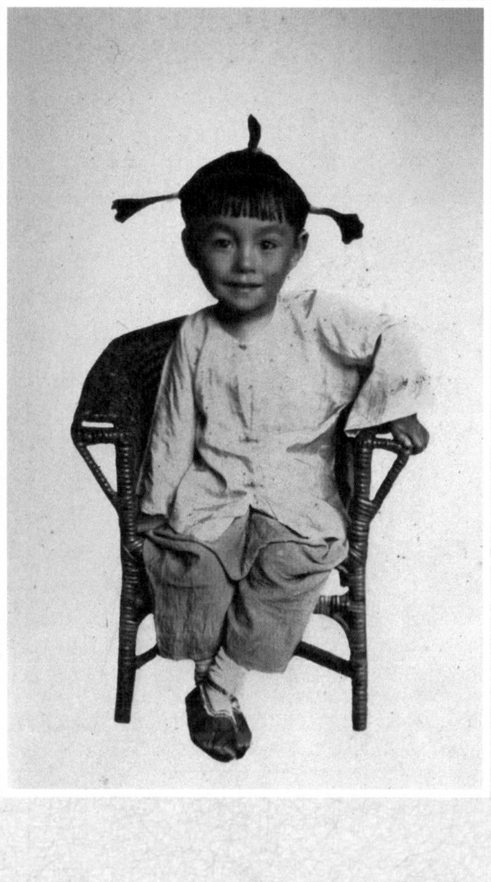

【圖五】我弟弟這張照片背面印著英文明信片款式，顯然是我母親在英國的時候拿去製成明信片。這一張與她所有的著色的照片都是她自己著色的。

【圖六】我們抱著英國寄來的玩具。他戴著給他買的草帽。

【圖七】在天津的法國公園。

【圖八】我們搬到上海去等我母親、我姑姑回國。我舅舅家住在張家浜（音「邦」，俗字——近江海的水潭），未來的大光明戲院後面的卡爾登戲院後首的一個不規則的小型廣場。叫張家浜，顯然還是上海灘初開埠時節的一塊沼澤地，後來填了土，散散落落造了幾幢大洋房。年代久了，有的已經由住宅改為小醫院。街口的一幢，樓下開了個寶德照相館，也是曾經時髦過的老牌照相館。我舅母叫三個表姐與表弟帶我去合拍張照。

隆冬天氣沒顧客上門，冰冷的大房間，現在想起來倒像海派連台本戲的後台，牆上倚立著高大的灰塵滿積的佈景片子。

五個小蘿蔔頭我在正中。還有個表妹最小，那天沒去。她現在是電視明星張小燕的母親。

【圖九】我母親與姑姑回國後和兩個表伯母到杭州遊西湖，也帶了我跟我弟弟去。這是九溪十八澗。

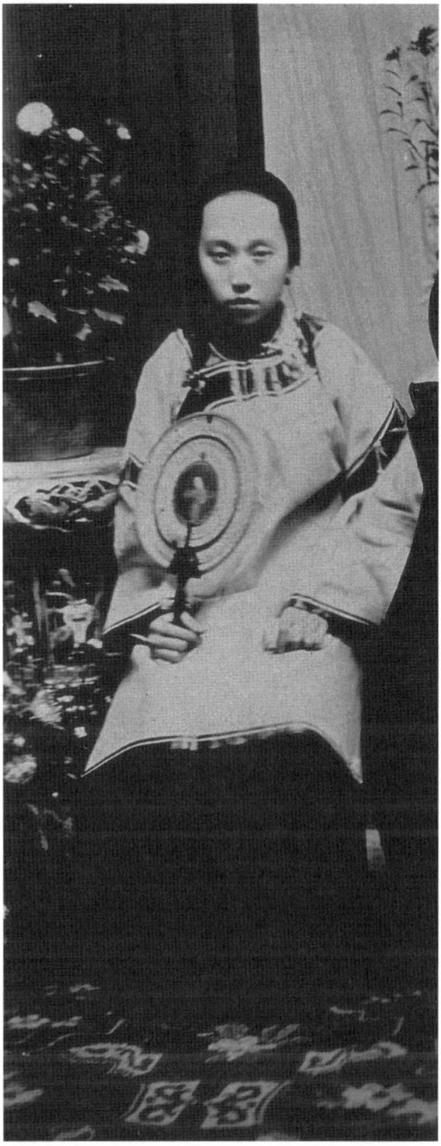

【圖十】我外婆是農家女，嫁給將門之子作妾——他父親是湘軍水師。她大概是他們原籍湖南長沙附近的人。他們倆都只活到二十幾歲，孩子是嫡母帶大的。

【圖十一】民初婦女大都是半大腳，裹過又放了的。我母親比我姑姑大不了幾歲，家中同樣守舊，我姑姑就已經是天足了，她卻是從小纏足。（見圖。背後站著的想必是婢女。）踏著這雙三寸金蓮橫跨兩個時代，她在瑞士阿爾卑斯山滑雪至少比我姑姑滑得好。（我姑姑說。）

她是個學校迷。我看茅盾的小說《虹》中三個成年的女性入學讀書就想起她，不過在她純是夢想與羨慕別人。後來在歐洲進美術學校，太自由散漫不算。一九四八年她在馬來亞僑校教過半年書，都很過癮。

她畫油畫，跟徐悲鴻蔣碧微常書鴻都熟識。

珍珠港事變後她從新加坡逃難到印度，曾經做尼赫魯的兩個姐姐的秘書。一九五一年在英國又一度下廠做女工製皮包。連我姑姑在大陸收到信都有點不知道說什麼好，只向我悄悄笑道：「這要是在國內，還說是愛國，破除階級意識——」

她信上說想學會裁製皮革，自己做手袋銷售。早在一九三六年她繞道埃及與東南亞回國，就在馬來亞買了一洋鐵箱碧綠的蛇皮，預備做皮包皮鞋。上海成了孤島後她去新加坡，丟下沒帶走。我姑姑和我經常拿到屋頂洋台上去曝晒防霉爛，視為苦事，雖然那一張張狹長的蕉葉似的柔軟的薄蛇皮實在可愛。她戰後回國才又帶走了。

我小時候她就自己學會做洋裁，也常見她車衣。但是她做皮包賣的計劃似乎並未成功，來信沒再提起。當時不像現在歐美各大都市都有青年男女沿街販賣自製的首飾等等，也有打進高價商店與大百貨公司的。後工業社會才能夠欣賞獨特的新巧的手工業。她不幸早了二三十年。

她總是說湖南人最勇敢。

【圖十二】我母親，一九二〇初葉在北京。

【圖十三】在倫敦，一九二六。

【圖十四、十五】一九三〇初在西湖賞梅。

【圖十六、十七】三〇中葉在法國。

【圖十八】三〇末葉在海船上。

【圖十九】

我母親離婚後再度赴歐，

我姑姑搬到較小的公寓。

本來兩人合租的公寓沒住多久，

遷出前在自己設計的家具地毯上拍照留念。

【圖二十】在我姑姑的屋頂洋台上。她央告我「可不能再長高了。」她在照片背面用鉛筆寫著：

我這張難看極了小煐很自然所以寄給你看看

這地方是氣車間頂上小孩頑的地方

我們頭頂上的窗就是我的Sitting room的。

顯然是她寄給我母親同一照片寄出的一張上題字的底稿。我再稍大兩歲她就告訴我她是答應我母親照應我的。她需要聲明，大概也是怕我跟她比跟我母親更親近，成了離間親子感情。

【圖二十一】我穿著我繼母的舊衣服。她過門前聽說我跟她身材相差不遠，帶了兩箱子嫁前衣來給我穿。

她父親孫寶琦以遺老在段祺瑞執政時出任總理，即在北洋政府也算是「官聲不好」的，不知怎麼後來仍舊家境拮据。總不見得又是因為「家裏人多」？他膝下有八男十六女。妻女都染上了阿芙蓉癖。我繼母是陸小曼的好友，兩人都是吞雲吐霧的芙蓉仙子。婚後床頭掛著陸小曼畫的油畫瓶花。她跟「趙四風流朱五狂」的朱氏姐妹也交好，謝媒酒在家裏請客，她們也在座。

她說她的旗袍「料子都很好的」，但是有些領口都磨破了。只有兩件藍布大褂是我自己的。在被稱為貴族化的教會女校上學，確實相當難堪。學校裏一度醞釀著要制定校服，有人贊成，認為泯除貧富界限。也有人反對，因為太整齊劃一了喪失個性，而且清寒的學生又還要多出一筆校服費。議論紛紛，我始終不置一詞，心裏非常渴望有校服，也許像別處的女生的白襯衫、藏青十字交叉背帶裙，洋服中的經典作，而又有少女氣息。結果學校當局沒通過，作罷了。

一九六〇初葉我到台灣，看見女學生清一色的草黃制服，覺得比美國的女童軍的墨綠制服帥氣，有女兵的英姿。後來在台灣報上看到群情憤激要求廢除女生校服，不禁苦笑。

我這論調有點像台灣報端常見的「你們現在多麼享福，我們從前吃番薯籤」，使年青人聽多了生厭。不過我那都是因為後母贈衣造成一種特殊的心理，以至於後來一度clothes-crazy（衣服狂）。

【圖二十二】我祖母十八歲的時候與她母親合影。她彷彿忍著笑，也許是笑鑽在黑布下的洋人攝影師。

我弟弟永遠比我消息靈通。我住讀放月假回家，一見面他就報告一些親戚的消息。有一次他彷彿搶到一則獨家新聞似地，故作不經意地告訴我：「爺爺名字叫張佩綸。」

「是哪個佩？哪個綸？」

「佩服的佩。經綸的綸，絞絲邊。」

我很詫異這名字有點女性化，我有兩個同學名字就跟這差不多。

不知道別處風俗怎樣，我們祭祖沒有神主牌，供桌上首只擺一排蓋碗，也許有八九個之多。想必總有曾祖父母。當時不知道祖父還有兩個前妻與一個早死的長子，只模糊地以為還再追溯到高祖或更早。偶而聽見管祭祀的老僕嘟囔一聲某老姨太的生日，靠邊加上一隻蓋碗，也不便問。他顯然有點諱言似地，當著小孩不應當提姨太太的話，即使是陳年八代的。每逢「擺供」，他就先一天取出香爐蠟台桌圍與老太爺老太太的遺像，掛在牆上。祖母是照片，祖父是較大的油畫像。我們從小看慣了，只曉得是爺爺奶奶，從來沒想到爺爺也有名字。

又一天我放假回來，我弟弟給我看新出的歷史小說《孽海花》，不以為奇似地撂下一句：

「說是爺爺在裏頭。」

厚厚的一大本，我急忙翻看，漸漸看出點苗頭來，專揀姓名音同字不同的，找來找去，有兩個姓莊的。是嫖妓丟官後，「小紅低唱我吹簫」，在湖上逍遙的一個？看來是另一個，莊崙

樵，也是「文學侍從之臣」，不過兼有言官的職權，奏參大員，參一個倒一個，一時滿朝側目。李鴻章——忘了書中影射他的人物的名字——也被他參過，因而「褫去黃馬褂，拔去三眼花翎。」

中法戰爭爆發，因為他主戰，忌恨他的人就主張派他去，在台灣福建沿海督師大敗，大雨中頭上頂著一隻銅臉盆逃走。

李鴻章愛才不念舊惡，他革職充軍後屢次接濟他，而且終於把他弄了回來，留在衙中作記室。有一天他在簽押房裏驚鴻一瞥看見東家如花似玉的女兒，此後又有機會看到她作的一首七律，一看題目〈雞籠〉，先就怵目驚心：

雞籠南望淚潸潸，聞道元戎匹馬還。一戰何容輕大計，四方從此失邊關。……

李鴻章笑著說了聲「小女塗鴉」之類的話安撫他，卻著人暗示他來求親，儘管自己太太大吵大鬧，不肯把女兒嫁給一個比她大二十來歲的囚犯。

我看了非常興奮，去問我父親，他只一味闢謠，說根本不可能在簽押房撞見奶奶。那首詩也是捏造的。

我也聽見過他跟訪客討論這部小說，平時也常跟親友講起「我們老太爺」，不過我旁聽總是一句都聽不懂。大概我對背景資料知道得太少。而他習慣地啣著雪茄烟環繞著房間來回踱著，偶而爆出一兩句短促的話，我實在聽不清楚，客人躺在烟舖上白抽鴉片，又都只微笑聽著，很少發問。

對子女他從來不說什麼。我姑姑我母親更是絕口不提上一代。他們在思想上都受五四的影響，就連我父親的保守性也是有選擇性的，以維護他個人最切身的權益為限。

我母親還有時候講她自己家從前的事，但是她憎恨我們家。當初說媒的時候都是為了門第葬送了她一生。

「問這些幹什麼？」我姑姑說。「現在不興這些了。我們是叫沒辦法，都受夠了，」她聲音一低，近於喃喃自語，隨又換回平常的聲口：「到了你們這一代，該往前看了。」

「我不過是因為看了那本小說覺得好奇，」我不好意思地分辯。

她講了點奶奶的事給我聽。她從小父母雙亡，父親死得更早。「爺爺一點都不記得了。」她斷然地搖了搖頭。

我稱大媽媽的表伯母，我一直知道她是李鴻章的長孫媳，不過不清楚跟我們是怎麼個親戚。那時候我到她家去玩，總看見電話旁邊的一張常打的電話號碼表，第一格填寫的人名是曾虛白，我只知道是個作家，是她娘家親戚。原來就是《孽海花》作者曾孟樸的兒子！

她哥哥是詩人楊雲史，他們跟李家是親上加親。曾家與李家總也是老親了，又來往得這樣密切。《孽海花》裏這一段情節想必可靠，除了小說例有的渲染。

因為是我自己「尋根」，零零碎碎一鱗半爪挖掘出來的，所以格外珍惜。

【圖二十三】我僅有的一張我祖父的照片已經泛黃褪色，大概不能製版。顯然是我姑姑剪貼成為夫婦合影，各坐茶几一邊，茶几一分為二，中隔一條空白。祖父這邊是照相館的佈景，模糊的風景。祖母那邊的背景是雕花排門，想是自己家裏。她跟十八歲的時候髮型服飾相同，不過臉面略胖些。

祭祖的時候懸掛的祖父的油畫像比較英俊，那是西方肖像畫家的慣技。但同是身材相當魁梧，畫中人眼梢略微下垂，一隻腳往前伸，像就要站起來，眉宇間也透出三分焦躁，也許不過是不耐久坐。照片上胖些，眼泡腫些，眼睛裏有點輕藐的神氣。也或者不過是看不起照相這洋玩藝。

《孽海花》上的「白胖臉兒」在畫像上已經變成赭紅色，可能是因為飲酒過多。雖有「恩師」提攜，（他在書信上一直稱丈人為「恩師」）他一直不能復出，雖然不短在幕後效力，直到八國聯軍指名要李鴻章出來議和，李鴻章八十多歲心力交瘁死在京郊賢良寺。此後他更縱酒，也許也是覺得對不起恩師父女。五十幾歲就死於肝疾。

我又去問我父親關於祖父的事。

「爺爺有全集在這裏，自己去看好了，」他悻悻然說。

是他新近出錢拿去印的，幾部書頁較小的暗藍布套的線裝書。薄薄的一本本詩文奏章信札，充滿了我不知道的典故，看了半天看得頭昏腦脹，也看不出所以然來。

多年後我聽見人說我祖父詩文都好，連八股都好，又忙補上一句：「八股也有好的。」我

也都相信。他的詩屬於艱深的江西詩派，我只看懂了兩句：「秋色無南北，人心自淺深。」我想是寫異鄉人不吸收的空虛悵惘。有時候會印象淡薄得沒有印象，也就是所謂「天涯若夢中行耳。」

「爺爺奶奶唱和的詩集都是爺爺作的，」我姑姑說，「奶奶就只有一首集句是她自己作的：四十明朝過，猶為世網縈。蹉跎暮容色，渲赫舊家聲。」

那時候孀居已久。她四十七歲逝世。

「我記得扒在奶奶身上，喜歡摸她身上的小紅痣，」我姑姑說。「奶奶皮膚非常白，許多小紅痣，真好看。」她聲音一低。「是小血管爆裂。」

【圖二十四】我父親我姑姑與他們的異母兄合影。

我姑姑替她母親不平。「我想奶奶是不願意的。」

我太羅曼蒂克，這話簡直聽不進去。

我姑姑又道：「這老爹爹也真是——！兩個女兒一個嫁給比她大二十來歲的做填房，一個嫁給比她小六歲的，一輩子嫌她老。」

我見過六姑奶奶，我祖母唯一的妹妹，大排行第六。所以我看祖父的全集就光記得信札中的這一句：「任令有子年十六，」因為是關於他小姨的婚事，大致是說恩師十分器重這任姓知縣，有意結為兒女親家。六姑奶奶比這十六歲的少年大六歲，（按照數字學，六這數目一定與她的命運有關）應是二十二歲。我祖母也是二十三歲才定親，照當時的標準都是遲婚，因為父親寵愛，留在身邊代看公文等等，去了一個還剩一個。李鴻章本人似乎沒有什麼私生活。太太不漂亮，（見圖二十二）那還是不由自己作主的，他唯一的一個姨太太據說也醜。二子二女也都是太太生的。

與她妹妹比起來，我祖母的婚姻要算是美滿的了，在南京蓋了大花園偕隱，詩酒風流。滅太平天國後，許多投置閒散的文武官員都在南京定居，包括我的未來外公家。大概劫後天京的房地產比較便宜。

我姑姑對於過去就只留戀那園子。她記得一聽說桃花或是杏花開了，她母親就扶著女傭的肩膀去看——家裏沒有婢女，因為反對販賣人口。——後來國民政府的立法院就是那房子。

「爺爺奶奶寫了本食譜，」我姑姑說。她只記得有一樣菜是雞蛋吸出蛋白，注入雞湯再煮。我沒細問，想必總是蛋殼上鑽個小孔，插入麥管之類，由僕人用口吸出再封牢。雞蛋清的凝聚力強，恐怕就鑽兩個孔也還是倒不出來。而且她確是說吸出來。紅樓夢上叫芳官吹湯小心不要濺上唾沫星子。叫人吸雞蛋清即使閉著氣，似乎也有點噁心。

我祖父母還合著了一本武俠小說，自費付印，書名我記不清是否叫《紫綃記》。當時戚友圈內的《孽海花》熱迫使我父親找出這部書來給他們與我後母看。版面特小而字大，老藍布套也有兩套數十回。書中俠女元紫綃是個文武雙全的大家閨秀，敘述中常稱「小姐」而不名。故事沉悶得連我都看不下去。

我祖父出身河北的一個荒村七家屹，比三家村只多四家，但是後來張家也可以算是個大族了。世代耕讀，他又是個窮京官，就靠我祖母那一份嫁妝。他死過兩個太太一個兒子，就剩一個次子，已經大了，給他娶的親也是合肥人，大概是希望她跟晚婆婆合得來。

我父親與姑姑喪母後就跟著兄嫂過，拘管得十分嚴苛，而遺產被侵吞。直到我父親結了婚有了兩個孩子之後，兄妹倆急於分家，草草分了家就從上海搬到天津，住得越遠越好。

我八歲搬回上海，正趕上我伯父六十大慶，有四大名旦的盛大堂會，十分風光。

一九三〇中葉他們終於打析產官司。我從學校放月假回來，問我姑姑官司怎樣了。她說打輸了。我驚問怎麼輸了，因為她說過有充分的證據。

「他們送錢，」她簡短地說。頓了一頓又道：「我們也送。他們送得多。」

這張看似爺兒仨的照片，三人後來對簿公堂。再看司法界的今昔，令人想起法國人的一句名言，關於時移世變：「越是變，越是一樣。」

當時我姑姑沒告訴我敗訴的另一原因是我父親倒戈。她始終不願多說，但是顯然是我後母趨炎附勢從中拉攏，捨不得斷了闊大伯這門至親——她一直在勸和，抬出大道理來說「我們家弟兄姐妹這麼多，還都這麼和氣親熱，你們才幾個人？」——而且不但有好處可得，她本來也就忌恨我姑姑與前妻交情深厚，出於女性的本能也會視為敵人。

不過我父親大概也怨恨他妹妹過去一直幫著嫂嫂，姑嫂形影不離隔離他們夫婦。向來離婚或失戀往往會怪別人，尤其是家屬，不過一般都是對方的親屬。

【圖二十五】我祖母帶著子女合照。

帶我的老女傭是我祖母手裏用進來的最得力的一個女僕。我父親離婚後自己當家，逢到年節或是祖先生日忌辰，常躺在烟舖上叫她來問老太太從前如何行事。她站在房門口慢條斯理地回答，幾乎每一句開始都是「老太太那張（『辰光』皖北人急讀為『張』）……」

我叫她講點我祖母的事給我聽。她想了半天方道：「老太太那張總是想方（法）省草紙。」

也許現代人已經都沒見過衛生紙流行以前的草紙，粗糙的草黃色大張厚紙上還看得見壓扁的草葉梗，裁成約八寸見方，堆得高高的一疊備用。

我覺得大殺風景，但是也可以想像我祖母孀居後坐吃山空的恐懼。就沒想到不等到坐吃山空。命運就是這樣防不勝防，她的防禦又這樣微弱可憐。

沉默片刻，老女僕又笑道：「老太太總是給三爺穿得花紅柳綠的，滿幫花的花鞋——那時候不興這些了，穿不出去了。三爺走到二門上，偷偷地脫了鞋換上袖子裏塞著的一雙。我們在走馬樓窗子裏看見了，都笑，又不敢笑，怕老太太知道了問。」那該是光復後搬到上海租界上的房子，當時流行走馬樓，二層樓房中央挖出一個正方的小天井。

「三爺背不出書，打噢！罰跪。」

孤兒寡婦，望子成龍嘛！

我父親一輩子繞室吟哦，背誦如流，滔滔不絕一氣到底，末了拖長腔一唱三嘆地作結。沉

默著走了沒一兩丈遠，又開始背另一篇。聽不出是古文時文還是奏摺，但是似乎沒有重複的。我聽著覺得心酸，因為毫無用處。

他吃完飯馬上站起來踱步，老女傭稱為「走趟子」，家傳的助消化的好習慣，李鴻章在軍中也都照做不誤的。他一面大踱一面朗誦，回房也仍舊繼續「走趟子」，像籠中獸，永遠沿著鐵檻兜圈子巡行，背書背得川流不息，不舍晝夜——抽大烟的人睡得晚。

我祖母給他穿顏色嬌嫩的過時的衣履，也是怕他穿著入時，會跟著親戚的子弟學壞了，寧可他見不得人，羞縮踧踖，一副女兒家的靦腆相。一方面倒又給我姑姑穿男裝，稱「毛少爺」，不叫「毛姐」。李家的小輩也叫我姑姑「表叔」，不叫表姑。

我姑姑說我祖母後來在親戚間有孤僻的名聲。因又悄聲道：「哪，就像這陰陽顛倒，那也是怪僻。」我現在想起來，女扮男裝似是一種朦朧的女權主義，希望女兒剛強，將來婚事能自己拿主意。

她在祭祀的遺像中面容比這張攜兒帶女的照片更陰鬱嚴冷。

「二爸爸怕她。」我姑姑跟著我叫我伯父二爸爸。

「奶奶說要恨法國人，」她淡淡地說。

又一次又道：「奶奶說福建人最壞了。當時海軍都是福建人，結了幫把罪名都推在爺爺身上。」

大概不免是這樣想。後世誰都知道清朝的水師去打法國兵船根本是以卵擊石。至今「中國海軍」還是英文辭彙中的一個老笑話，極言其低劣無用的比喻。

西諺形容幻滅為「發現他的偶像有黏土腳」——發現神像其實是土偶。我倒一直想著偶像沒有黏土腳就站不住。我祖父母這些地方只使我覺得可親，可憫。

我沒趕上看見他們，所以跟他們的關係僅只是屬於彼此，一種沉默的無條件的支持，看似無用，無效，卻是我最需要的。他們只靜靜地躺在我的血液裏，等我死的時候再死一次。

我愛他們。

【圖二十六】在港大。

一九三六年我母親又回國一次，順便安排我下年中學畢業後投考倫敦大學，就在上海西青會考試兩天。因為家裏不肯供給我出國留學，得先瞞著，要在她那裏住兩天，不然無法接連兩天一早出外赴考。

她從來沒干涉我弟弟的教育，以為一個獨子，總不會不給他受教育。不料只在家中延師教讀。

「連衖堂小學都苛捐雜稅的，買手工紙都那麼貴。」我聽見我父親跟繼母在烟舖上對臥著說。

我弟弟四書五經讀到《書經》都背完了才進學校，中學沒念完就出去找事了。

我考試前一天跟我父親說：「姑姑叫我去住兩天。」

那天剛巧我後母不在家。

明知我母親與姑姑同住，我父親舊情未斷，只柔聲應了聲「唔，」躺著燒烟也沒抬起眼來。

考完了回去，我繼母藉口外宿沒先問過她，挑唆我父親打了一頓禁閉起來。我姑姑自從打官司被出賣，就沒上門過，這次登門勸解，又被烟槍打傷眼睛，上醫院縫了六針。

我終於逃出來投奔我母親。去後我家裏笑她「自扳磚頭自壓腳，」代揹上了重担。

我考上了倫敦大學，歐戰爆發不能去，改入香港大學。我母親與姑姑托了工程師李開第作

監護人，她們在英國就認識的老友，也就是我現在的姑父。

但是他不久就離開香港去重慶，改托他的一個朋友照應我，也是工程師，在港大教書，兼任三個男生宿舍之一的舍監。

他跟他太太就住在那宿舍裏。我去見他們。他是福建人，國語不太純熟。坐談片刻，他打量了我一下，忽笑道：「有一種鳥，叫什麼……？」

我略怔了怔，笑道：「鷺鷥。」

「對了。」他有點不好意思地笑著。

醜小鴨變成醜小鷺鷥，而且也不小了。

事實是我從來沒脫出那「尷尬的年齡」（the awkward age），不會待人接物，不會說話。話雖不多，「夫人不言，言必有失」。

【圖二十七、二十八、二十九、三十】炎櫻，一九四四年。

港大文科二年級有兩個獎學金被我一個人獨得，學費膳宿費全免，還有希望畢業後免費送到牛津大學讀博士。剛減輕了我母親的負担，半年後珍珠港事變中香港也淪陷了，學校停辦。我與同學炎櫻結伴回上海，跟我姑姑住。炎櫻姓摩希甸，父親是阿拉伯裔錫蘭人（今斯里蘭卡），信回教，在上海開摩希甸珠寶店。母親是天津人，為了與青年印僑結婚跟家裏決裂，多年不來往。炎櫻的大姨媽住在南京，我到他們家去過，也就是個典型的守舊的北方人家。

炎櫻進上海的英國學校，任prefect，校方指派的學生長，品學兼優外還要人緣好，能服眾。

我們回到上海進聖約翰大學，她讀到畢業，我半工半讀體力不支，入不敷出又相差過遠，隨即輟學，賣文為生。

她有個小照相機，以下的七張照片都是她在我家裏替我拍的，有一張經她著色。兩人合影是在屋頂洋台上。

【圖三十一、三十二】這兩張照片裏的上衣是我在戰後香港買的廣東土布，最刺目的玫瑰紅上印著粉紅花朵，嫩黃綠的葉子。同色花樣印在深紫或碧綠地上。鄉下也只有嬰兒穿的，我帶回上海做衣服，自以為保存劫後的民間藝術，彷彿穿著博物院的名畫到處走，遍體森森然飄飄欲仙，完全不管別人的觀感。做了不少衣服，連件冬大衣也沒有，我舅舅見了，著人翻箱子找出一件大鑲大滾寬博的皮襖，叫我拆掉面子，皮裏子夠做件皮大衣。「不過是短毛貂，不大暖和，」他說。

我怎麼捨得割裂這件古董，拿了去如獲至寶。（見圖四十二）

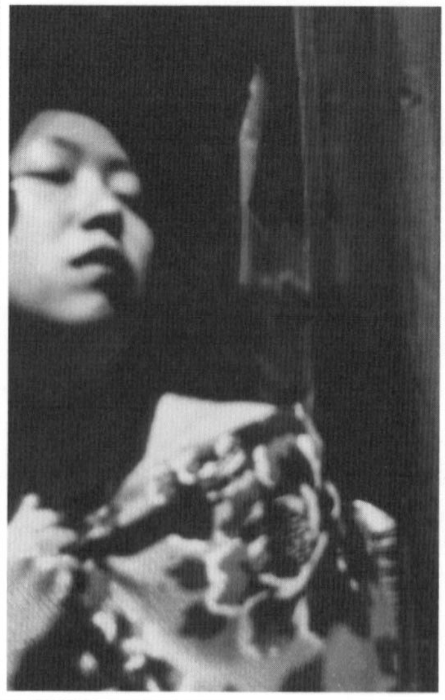

【圖三十三、三十四】一件花綢衣料權充裸肩的圍巾。

【圖三十五、三十六】炎櫻想拍張性感的照片，遲疑地把肩上的衣服拉下點。上海人攝影師用不很通順的英文笑問：「Shame, eh?」

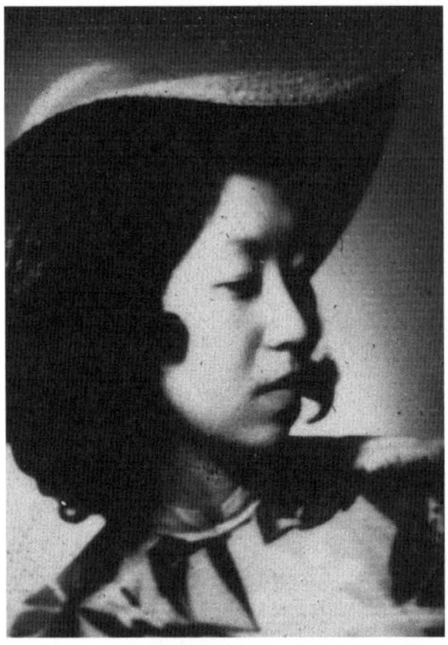

【圖三十七、三十八、三十九、四十】我從來不戴帽子，也沒有首飾。這裏的草帽是炎櫻的妹妹的，項鍊是炎櫻的。同一隻墜子在圖四十一中也借給我戴。

【圖四十一】一九四三年在園遊會中遇見影星李香蘭（原是日本人山口淑子），要合拍張照，我太高，並立會相映成趣，有人找了張椅子來讓我坐下，只好委屈她侍立一旁。

《餘韻》書中提起我祖母的一床夾被的被面做的衣服，就是這一件。是我姑姑拆下來保存的。雖說「陳絲如爛草」，那裁縫居然不皺眉，一聲不出拿了去，照炎櫻的設計做了來。米色薄綢上灑淡墨點，隱著暗紫鳳凰，很有畫意，別處沒看見過類似的圖案。

【圖四十二、四十三】一九四四年業餘攝影家童世璋與他有同好的友人張君——名字一時記不起了——托人介紹來給我拍照，我就穿那件唯一的清裝行頭，大襖下穿著薄呢旗袍。拍了幾張，要換個樣子。單色呢旗袍不上照，就在旗袍外面加件浴衣，看得出頸項上有一圈旗袍領的陰影。（為求線條簡潔，我把低矮的旗袍領改為連續的圈領。）

【圖四十四】照片背面我自己的筆跡寫著「1946，八月」，不然也不記得是什麼時候炎櫻在我家裏給拍的。

我在港大的獎學金戰後還在。進港大本來不是我的第一志願，戰後校中人事全非，英國慘勝，也在困境中。畢業後送到牛津進修也不過是當初的一句話。結果我放棄了沒回去，使我母親非常失望。

【圖四十五】這張太模糊，我沒多印，就這一張。我母親戰後回國看見我這些照片，倒揀中這一張帶了去，大概這一張比較像她心目中的女兒。五〇末葉她在英國逝世，我又拿到遺物中的這張照片。

【圖四十六】一九五〇或五一年，大陸變色後不久，不記得是領什麼證件，拍了這張派司照。

這時候有配給布，發給我一段湖色土布，一段雪青洋紗，我做了一件喇叭袖唐裝單衫，一條袴子。去排班登記戶口，就穿著這套家常衫袴。

街邊人行道上擱著一張街堂小學課室裏的黃漆小書桌。穿草黃制服的大漢傴僂著伏在桌上寫字，西北口音，似是老八路提幹。輪到我，他一抬頭見是個老鄉婦女，便道：「認識字嗎？」

我笑著咕噥了一聲「認識，」一心裏驚喜交集。不像個知識分子！倒不是因為身在大陸，趨時懼禍，妄想冒充工農。也並不是反知識分子。我信仰知識，就只反對有些知識分子的望之儼然，不夠舉重若輕。其實我自己兩者都沒做到，不過是一種願望。有時候拍照，在鏡頭無人性的注視下，倒偶而流露一二。

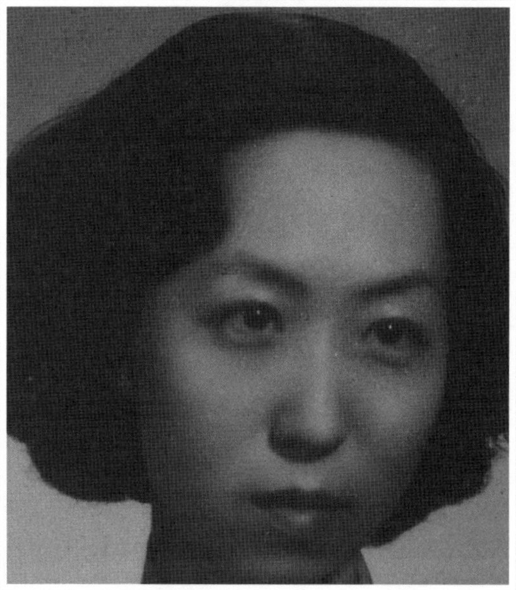

【圖四十七】我姑姑，一九四〇末葉。我一九五二年離開大陸的時候她也還是這樣。在我記憶中也永遠是這樣。

【圖四十八】出大陸的派司照。

離開上海的前夕，檢查行李的青年幹部是北方人，但是似乎是新投效的，來自華中一帶開辦的幹部訓練班。

我唯一的金飾是五六歲的時候戴的一副包金小籐鐲，有淺色紋路的棕色粗籐上鑲著蟠龍蝙蝠。他用小刀刮金屬雕刻的光滑的背面，偏偏從前的包金特別厚，刮來刮去還是金，不是銀。刮了半天，終於有一小塊泛白色。他瞥見我臉上有點心痛的神氣，便道：「這位同志的臉相很誠實，她說是包金就是包金。」

我從來沒聽見過這等考語。自問確是脂粉不施，穿著件素淨的花布旗袍，但是兩三個月前到派出所去申請出境，也是這身打扮，警察一聽說要去香港，立刻沉下臉來，彷彿案情嚴重，就待調查定罪了。

幸而調查得不很徹底，沒知道我寫作為生，不然也許沒這麼容易放行。一旦批准出境，馬上和顏悅色起來，因為已經是外人了，地位僅次於國際友人。像年底送灶一樣，要灶王爺「上天言好事，」代為宣揚中共政府待人民的親切體貼。

【圖四十九】一九五四年我住在香港英皇道，宋淇的太太文美陪我到街角的一家照相館拍照。一九八四年我在洛杉磯搬家理行李，看到這張照片上蘭心照相館的署名與日期，剛巧整三十年前，不禁自題「悵望卅秋一灑淚，蕭條異代不同時。」

【圖五十】一九五五年離開香港前。

我乘船到美國去，在檀香山入境檢查的是個瘦小的日裔青年。後來我一看入境紙上的表格赫然填寫著：

「身高六呎六吋半

體重一百另二磅」

不禁憎笑——有這樣粗心大意的！五呎六吋半會寫成六呎六吋半。其實是個Freudian slip（茀洛依德式的錯誤）。心理分析宗師茀洛依德認為世上沒有筆誤或是偶而說錯一個字的事，都是本來心裏就是這樣想，無意中透露的。我瘦，看著特別高。那是這海關職員怵目驚心的記錄。

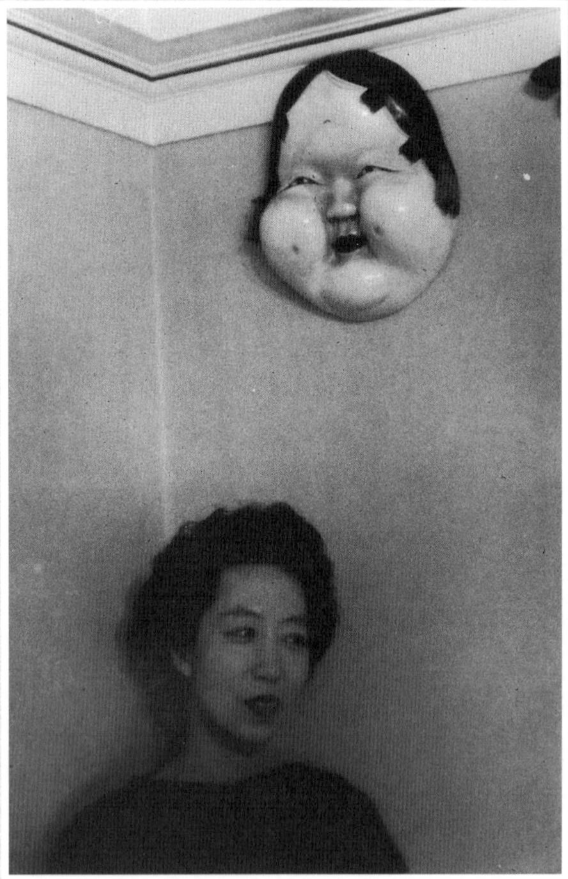

【圖五十二】一九六一年，在三藩市家裏，能劇面具下。

【圖五十二】一九六二年回香港派司照。攝影師是個英國老太太，曾經是滑稽歌舞劇（vaudeville）歌星，老了在三藩市開爿小照相館。

【圖五十三】這張照片背面打著印戳：

WAROLIN
of Paris
Portrait & Art Studio
2906 M Street, N. W.
Washington, D. C.
FE. 8-3227

我看著十分陌生，毫無印象，只記得這張照片是一九六六年離開華府前拍的。

【圖五十四】一九六八年攝於波士頓。

以上的照片收集在這裏唯一的取捨標準是怕不怕丟失，當然雜亂無章。附記也零亂散漫，但是也許在亂紋中可以依稀看得出一個自畫像來。

悠長得像永生的童年，相當愉快地度日如年，我想許多人都有同感。

然後崎嶇的成長期，也漫漫長途，看不見盡頭。滿目荒涼，只有我祖父母的姻緣色彩鮮明，給了我很大的滿足，所以在這裏佔掉不合比例的篇幅。

然後時間加速，越來越快，越來越快，繁弦急管轉入急管哀弦，急景凋年倒已經遙遙在望。一連串的蒙太奇，下接淡出。

其餘不足觀也已，但是我希望還有點值得一看的東西寫出來，能與讀者保持聯繫。

後記

寫這本書，在老照相簿裏鑽研太久，出來透口氣，跟大家一起看同一頭條新聞，有「天涯共此時」的即刻感。手持報紙倒像綁匪寄給肉票家人的照片，證明他當天還活著。其實這倒也不是擬於不倫，有詩為證。詩曰：

人老了大都
是時間的俘虜，
被圈禁禁足。
它待我還好——
當然隨時可以撕票。
一笑。

編註：一九九四年張愛玲榮獲第十七屆「時報文學獎特別成就獎」，她特地到照相館照了一張「近照」加入〈對照記〉中，並補充了此篇文字說明。

草爐餅後記

拙著〈草爐餅〉在《聯副》刊出後，我看見插圖上的小販雙肩絆帶吊著大托盤，才想起來忘了加上一句：

「小販臂上挽的籃子，也就是主婦上街買菜的菜籃，」下句是添寫的。

肩掛售貨盤似是現代西方傳入的。不論一九四〇初葉上海街頭是否已有，也要下點本錢才能置備，這賣草爐餅的一切因陋就簡，也決買不起。

順便改正筆誤：「青浦與黃浦對立，想必都在黃浦江邊」，下句應作「但是想必也在黃浦江邊。」這麼一篇短文還要疏忽出錯，要向編者讀者致歉。

・初載於一九九〇年一月二十日《聯合報》副刊。

「嗄？」？

在《聯合報》副刊上看到我的舊作電影劇本《太太萬歲》，是對白本。我當時沒看見過這油印本，直到現在才發現影片公司的抄手代改了好些語助詞。最觸目的是許多本來一個都沒有的「嗄」字。

《金瓶梅詞話》上稱菜肴為「嗄飯」、一作「下飯」（第四十二回，香港星海版第四七二頁倒數第四行：「兩碗稀爛下飯」）。全回稍早，「下飯」又用作形容詞：「兩食盒下飯菜蔬」。（第四七一頁第一行）。蘇北安徽至今還保留了「下飯」這形容詞，說某菜「下飯」或「不下飯」，指有些菜太淡，佐餐吃不了多少飯。

林以亮先生看到我這篇東西的原稿，來信告訴我上海話菜肴又稱「下飯」，並引《簡明吳方言詞典》，（一九八六年上海辭書社出版；吳語區包括上海——浦東本地——蘇州、寧波、紹興等江浙七地）第十頁有這一條：

下飯（寧波）

同「嗄飯」

舉一實例：

「寧波話就好，叫『下飯』，隨便啥格菜，全叫『下飯』。」

（獨腳戲《寧波音樂家》）

林以亮信上說：「現代上海話已把『下飯』從寧波話中吸收了過來，成為日常通用的語彙，代替小菜或菜肴。上海人家中如果來了極熟的親友，留下來吃飯，必說寧波話：『下飯嘸交（讀如高）飯吃飽。』意思是自己人，並不為他添菜，如果菜不夠，白飯是要吃飽的。至於有些人家明明菜肴豐盛，甚至宴客，仍然這麼說，就接近客套了。可是在日常生活的談話中，下飯並不能完全取代小菜，例如『今朝的小菜哪能格蹩腳（低劣）！』『格飯店的小菜真推扳！』還是用小菜而不用下飯。」

我收到信非常高興得到旁證，當然也未免若有所失，發現我費上許多筆墨推斷出一件盡人皆知的事實。總算沒鬧出笑話來，十分慶幸。我的上海話本來是半途出家，不是從小會說的。我的母語，被北邊話與安徽話的影響沖淡了的南京話，就只有「下飯」作為形容詞，不是名詞。南京話在蘇北語區的外緣，不盡相同。

《金瓶梅》中的「下飯」兼用作名詞與形容詞。現代江南與淮揚一帶各保留其一。歷代滿蒙與中亞民族入侵的浪潮，中原沖洗得最徹底，這些古色古香的字眼蕩然無存了。

《金瓶梅》裡屢次出現的「囂」（意即「薄」）字，如「囂紗片子」，也是淮揚地區方言，當地人有時候說「薄囂囂的」。「囂」疑是「綃」，古代絲織品，後世可能失傳或改名。但是在這一帶地方，民間仍舊有這麼個印象，「綃」是薄得透明的絲綢，因此稱「綃」就是極言其薄。

《金瓶梅》裡的皖北方言有「停當（妥當）」、「投到（及至）」、「下晚（下午近日落時）」。我小時候聽合肥女傭說「下晚」總覺得奇怪，下午四五點鐘稱「下晚」——下半夜？疑是古文「向晚」：「向晚意不適，驅車登古原。夕陽無限好，只是近黃昏。」後人漸漸不經意地把「向」讀作「下」。同是齒音，「向」要多費點勁從齒縫中迸出來。舊小說中通行的，沒地域性的「晌午」，大概也就是「向午」。

已經有人指出《金瓶梅》裡有許多吳語。似乎作者是「一個南腔北調人」（鄭板橋詩），也可能是此書前身的話本形成期間，流傳中原與大江南北，各地說書人加油加醬渲染的痕迹。

「嗄飯」與「下飯」通用，可見「嗄」字一直從前就是音「下」，亦即「夏」。晚清小說《海上花列傳》中的吳語，語尾「嗄」字卻音「賈」。嬌滴滴的蘇白「啥嗄？（什麼呀？）」讀如《水滸傳》的「洒家」。

吳語「夏」、「下」同音「臥」，上聲。《海上花》是寫給吳語區讀者看的。作者韓子雲如果首創用「嗄」來代表這有音無字的語助詞「賈」，不但「夏」、「賈」根本不同音，他也該顧到讀者會感到混亂，不確定音「夏」是照他們自己的讀法，還是依照官話。總是已有人用「嗄」作語助詞，韓子雲是借用的。

揚州是古中國的大城市，商業中心，食色首都。揚州廚子直到近代還有名，比「十里揚州路」上一路的青樓經久。「腰纏十萬貫，騎鶴上揚州」，那種飄飄欲仙的嚮往，世界古今名城中有這魅力的只有「見了拿波里死也甘心」，與「好美國人死了上巴黎」。

揚州話融入普通話的主流，但是近代小說裡問句語尾的「嗜」字是蘇北獨有的。「嗜」音「沙」或「捨」，大概本來就是「嗄」，逐漸唸走了腔，變成「沙」或「捨」，唇舌的動作較省力。

「嗐」帶點嗔怪不耐的意味，與《海上花》的「嗄」相同。因此韓子雲也許不能算是借用「嗄」字，而是本來就是一個字，不過蘇州揚州發音稍異。

無論是讀「夏」或「賈」，「嗄」字只能綴在語尾，不能單獨成為一個問句。《太太萬歲》劇本獨多自成一句的「嗄？」原文是「啊？」本應寫作「啊（入聲）?!」追問逼問的叱喝。但是因為我們都知道「啊」字有這一種用法，就不必囉唆註上「入聲」，又再加上個驚嘆號了。

《太太萬歲》的抄手顯然是嫌此處的「啊？」不夠著重，但是要加強語氣，不知為什麼要改為「嗄？」而且改得興起，順手把有些語尾的「啊」字也都改成「嗄」。連「呀」也都一併改「嗄」。

舊小說戲曲中常見的「吓」字，從上下文看來，是「呀」字較早的寫法，迄今「吓」、「呀」相通。我從前老是納悶，為什麼用「吓」字偏旁去代表「呀」這聲音。直到現在寫這篇東西，才連帶想到或許有個可能的解釋：

全校本《金瓶梅詞話》的校輯者梅節序中說：「書中的清河，當是運河沿岸的一個城鎮，生活場景較近南清河（今蘇北淮陰）。《金瓶梅》評話最初大概就由『打談的』在淮安、臨清、揚州等運河大碼頭上說唱，聽眾多為客商、船夫和手藝工人。」

說書盛行始自運河區，也十分合理。河上的工商亟需比戲劇設備簡單的流動的大眾化娛樂。中國的白話文學起源於說唱的腳本。明朝當時的語助詞與千百年前的「耶」、「乎」、「也」、「焉」自然不同，需要另造新字作為「啊」、「呀」這些聲音的符號。蘇北語尾有「嗄」。《金瓶梅》有「嗄」字而未用作語助詞，但是較晚的其他話本也許用過。「嗄」字一經寫入對白，大概就有人簡寫為「吓」，筆畫少，對於粗通文墨的說書人或過錄者便利得多，因此比「嗄」流行。流行到蘇北境外，沒有揚州話句尾的「嗄」，別處的人不知何指，以為就是最普遍的語尾「呀」。那時候蘇州還沒出了個韓子雲，沒經他發現「嗄」就是蘇白句末發音稍異的「賈」，所以也不識「嗄」字縮寫的「吓」，也跟著大家當作「呀」字使用。因而有崑曲內無數的「相公吓！」「夫人吓！」

還有我覺得附帶值得一提的：近年來台灣新興出「吔」字語助詞，其實是蘇北原有的，因為不是國語，一直沒有形之於文字。「吔」的字義接近古文「也」字。華中的這一個凋敝的心臟區似是漢族語言的一個積水潭，沒很經過一波波邊疆民族的沖激感染。蘇北語的平仄與四聲就比國語吳語準確。

《太太萬歲》的抄手偏愛「嗄」字，而憎惡「嗳」字，原文的「嗳」統改「哎」或

「唉」。

「嗳」一作「欸」，是偶然想起什麼，喚起別人注意的輕呼聲。另一解是肯定——「嗳」是「是的，」「噢」是「是。」不過現代口語沒有「是」字了，除了用作動詞。過去也只有下屬對上司，以及官派的小輩對長輩與主僕間（一概限男性）才稱是。現在都是答應「噢。」

作肯定解的「嗳」有時候與「欸」同音「愛」，但是更多的時候音「A」，與「唯」押韻。「噢」與「諾」押韻。「嗳，嗳，」「噢，噢，」極可能就是古人的唯唯諾諾，不過今人略去子音，只保留母音，減少嘴唇的動作，省力得多。

「哎」與「嗳」相通，而筆畫較簡，抄寫較便。「嗳」「哎」還有可說，改「唉」就費解了，「唉」是嘆息聲。

《太太萬歲》中太太的弟弟與小姑一見傾心，小姑當著人就流露出對他關切，要他以後不要乘飛機——危險。他回答：「好吧。哼哼！嘿嘿！」怎麼哼哼冷笑起來？

此處大概是導演在對白中插入一聲閉著嘴的輕微的笑聲，略似「唔哼！」禮貌地，但是心滿意足地，而且畢竟還是笑出聲來：「嘿嘿！」想必一時找不到更像的象音的字，就給添上「哼哼！」二字，標明節拍。當場指點，當然沒錯，抄入劇本就使人莫名其妙了。

對白本一切從簡，本就要求讀者付出太多的心力，去揣摩想像略掉的動作表情與場景。哪還禁得起再亂用語助詞，又有整句整段漏抄的，常使人看了似懂非懂。在我看來實在有點傷心慘目，不然也不值得加上這麼些個說明。

・初載於一九九〇年二月九日《聯合報》副刊。

編輯之癢

前兩天看到《皇冠》十二月號連載的拙著〈對照記〉（中），文內自詡沉默寡言而「言必有中」。這一段原文是：

事實是我從來沒脫出那「尷尬的年齡」（the awkward age），不會待人接物，不會說話。話雖不多，「夫人不言，言必有失」。

本來末了沒引語號，只是

夫人不言，言必有失。

宋淇教授看了原稿來信說「夫人」會被誤認為自稱夫人太太。我回信說我本來也担心不清楚，加上引語號，表明是引四書上這句名言，只更動一個字，就絕對不會誤會了。不料函札往返討論了半天，刊出後赫然返璞歸真成為：

夫人不言，言必有中。

自嘲變成自吹自捧，尤其是認識我的人都知道我說話往往不得當，說我木訥還不服，大言不慚令人齒冷。

上一期刊出的還有地名張家浜改為張家濱，當是因為「兵」「賓」同聲，以為我嫌「濱」字筆畫太多，獨創一個簡體字「浜」代替它。

「浜」這俗字音「邦」，大概是指江邊或海邊的水潭。上海人稱Pidgin English為「洋涇浜」英文——洋人雇用的中國跑街僕役自成一家的英語，如「趕快」稱chop-chop，「午餐」稱「剔芬」（tiffin），後者且為當地外僑採用。我小時候一直聽見我父親說「剔芬」，直到十幾歲才知道英文「午餐」是「冷吃」（lunch）不是「剔芬」。「芬」想必就是「飯」，「剔」不知道是中國何地方言。這一種語言是五口通商以來或更早的十八世紀廣州十三行時代就逐漸形成的，還有葡萄牙話的痕迹。

英文名言有「編輯之癢」（editorial itch）這名詞。編輯手癢，似比「七年之癢」還更普遍，中外皆然。當然「浜」改「濱」，「言必有失」改「言必有中」不過是盡責的編者看著眼生就覺得不妥，也許禮貌地歸之於筆誤，逕予改正。在我卻是偶有佳句，得而復失，就像心口戳了一刀。明知一言既出，駟馬難追，何況白紙黑字，讀者先有了個印象，再辨正也晚了。

・初載於一九九三年十二月二十八日《聯合報》副刊。

四十而不惑

皇冠紀念四十週年，編者來信要我寫個祝福的小故事。我想來想去沒有。

最初聽到祝福這件事，是《聖經》上雅各的哥哥必須要老父祝福他，才有長子繼承權，能得到全部家產。父親對子女有祝福的威權，詛咒也一樣有效。中國人的「善頌善禱」就只是說吉利話希望應驗。我從前看魯迅的小說〈祝福〉就一直不大懂為什麼叫「祝福」。祭祖不能讓寡婦祥林嫂上前幫忙——晦氣。這不過是負面的影響。祭祀祈求祖宗保佑，也只能暗中保佑，沒有祝福的儀式。

西方現在也只有開玩笑地或是老太太們表示感謝，輕飄地說聲「上帝保佑！」或是「保佑你！」從來不好意思說整句的「上帝保佑你。」

中國人倒是說「四十而不惑。」西方人也說「生命在四十歲開始。」不老也還是要「不惑」才禁得起風險。世變方殷，變得越來越快。皇冠單憑它磨練出的眼光也會在轉瞬滄海桑田間找到它自己的路，走向更廣闊的地平線。

‧初載於一九九四年二月《皇冠》雜誌。

憶《西風》

——第十七屆時報文學獎特別成就獎得獎感言

得到時報的文學特別成就獎，在我真是意外的榮幸。這篇得獎感言卻難下筆。三言兩語道謝似乎不夠懇切。不知怎麼心下茫然，一句話都想不出來。但是當然我知道為什麼，是為了從前西風的事。

一九三九年冬——還是下年春天？——我剛到香港進大學，《西風》雜誌懸賞徵文，題目是〈我的……〉，限五百字。首獎大概是五百元，記不清楚了。全面抗戰剛開始，法幣貶值還有限，三元兌換一元港幣。

我寫了篇短文〈我的天才夢〉，寄到已經是孤島的上海。沒稿紙，用普通信箋，只好點數字數。受五百字的限制，改了又改，一遍遍數得頭昏腦脹。務必要刪成四百九十多個字，少了也不甘心。

法國修道院辦的女生宿舍，每天在餐桌上分發郵件。我收到雜誌社通知說我得了首獎，就像買彩票中了頭獎一樣。宿舍裏同學只有個天津來的蔡師昭熟悉中文報刊。我拿給她看，就滿桌傳觀。本地的女孩都是聖斯提反書院畢業的，與馬來西亞僑生同是只讀英文，中文不過識字，不大注意這些。本地人都是闊小姐，內中周妙兒更是父親與何東爵士齊名，只差被英廷封爵的「太平紳士」（這名詞想必來自香港的太平山），買下一個離島蓋了別墅，她請全宿舍的同學去玩一天。這私有的青衣島不在渡輪航線內，要自租小輪船，來回每人攤派十幾塊錢的船錢。我就最怕在學費膳宿與買書費外再有額外的開銷，頭痛萬分，向修女請求讓我不去，不得不解釋是因為父母離異，被迫出走，母親送我進大學已經非常吃力等等。修女也不能作主，回去請示，鬧得修道院長都知道了。連跟我同船來的錫蘭朋友炎櫻都覺得丟人，怪我這點錢哪裏也省下來了，何至於。我就是不會撐場面。

蔡師昭看在眼裏，知道我雖然需要錢，得獎對於我的意義遠大過這筆獎金，也替我慶幸。她非常穩重成熟，看上去總有二十幾歲了。家裏替她取名師昭，要她效法著《女訓》的班昭，顯然守舊。她是過來人，不用多說也能明白我的遭遇。

不久我又收到全部得獎名單。首獎題作〈我的妻〉，作者姓名我不記得了。我排在末尾，彷彿名義是「特別獎」，也就等於西方所謂「有榮譽地提及（honorable mention）」。我記不清楚是否有二十五元可拿，反正比五百字的稿酬多。

〈我的妻〉在下一期的《西風》發表，寫夫婦倆認識的經過與婚後貧病的挫折，背景在上海，長達三千餘字。《西風》始終沒提為什麼不計字數，破格錄取。我當時的印象是有人有個朋友用得著這筆獎金，既然應徵就不好意思不幫他這個忙，雖然早過了截稿期限，都已經通知我得獎了。

「我們中國人！」我對自己苦笑。

幸而還沒寫信告訴我母親。

「不是頭獎。」我訕訕地笑著把這份通知單給蔡師昭看。其實不但不是頭獎，二獎三獎也都不是。我說話就是這樣乏。

她看了也只咕噥了一聲表示「怎麼回事？」，沒說什麼，臉上毫無表情。她的一種收斂克制倒跟港大的英國作風正合適。她替我難堪，我倒更難堪了。

下學期她回天津去進輔仁大學，我們也沒通訊。

《西風》從來沒有片紙隻字向我解釋。我不過是個大學一年生。徵文結集出版就用我的題目「天才夢」。

五十多年後，有關人物大概只有我還在，由得我一個人自說自話，片面之詞即使可信，也嫌小器，這些年了還記恨？當然事過境遷早已淡忘了，不過十幾歲的人感情最劇烈，得獎這件事成了一隻神經死了的蛀牙，所以現在得獎也一點感覺都沒有。隔了半世紀還剝奪我應有的喜悅，難免怨憤。現在此地的文藝獎這樣公開評審，我說了出來也讓與賽者有個比較。

・原載於一九九四年十二月三日台北《中國時報》人間副刊。

笑紋

一九七〇年間我在《皇冠》上看見一則笑話，是實事，雖然沒有人名與政府機關名稱等細節。這人打電話去，問部長可在這，請部長聽電話。對方答道：「我就是不講。」這人再三懇求，還是答說：「我就是不講。」急了跟他理論，依舊得到同一答覆：「我就是不講。」鬧了半天才明白過來他就是部長。

我看了大笑不止，笑得直不起腰來。此後足有十幾年，一想起來就笑得眼淚出。我自己從前學生時代因為不會說上海話，國語也不夠標準，在學校裏飽受歧視，但是照樣笑人家。同是上海，浦東話在當時上海就認為可笑。上海話「甲底別」（腳底板）浦東話是「居底別」。同學模仿舍監的浦東口音，一聲「居底別」就大家笑得東倒西歪。現在這一類的笑話不合世界潮流了。向來美國諧星的看家本領原是模仿各國移民與本土的黑人口音，但是所謂 ethnic jokes（少數民族的笑話）沾上了種族歧視的嫌疑，已經不登大雅之堂。雖然猶裔、日韓裔、波多黎各裔的笑匠仍舊大肆嘲笑他們上一代的鄉音未改，畢竟自嘲又是一回事，別國還可以恣意取笑的似乎只有斯堪地那維亞的怪腔，一字一句都餘音裊裊一扭一扭。沒人抗議，也許也是因為瑞典挪威丹麥這三小國沒自卑感，不在乎。他們的祖先維京海盜是最早的遠洋航海家，在哥倫布之前已經發現新大陸。近代又出了個易卜生，現代話劇之父，又成為社會福利先進國，又有諾貝爾獎金。

其實我看各人笑其所笑，不必挑剔了。反正不論高乘幽默還是淺薄無聊，都源自笑人踏了香蕉皮跌一跤這基本喜劇局面。雖說「謔而不虐」，「謔」字從「言」從「虐」，也就是用語言表現的精神虐待。倉頡造字就彷彿已經深明古希臘「喜劇是惡意的」這定義了。

最近美國電視上報導醫學界又重新發現大笑有益健康。大笑一次延長壽命多少天，還是論年論月，我沒聽清楚。不幸被人笑，我們心裏儘管罵他們少見多怪，也只好付之一笑。便宜了他們，大笑一場將來大限已到的時候可以苟延性命若干天。我們譬如慈善家施藥，即使不是「樂捐」。

《皇冠》還是每期都有笑話，前人筆記上的，今人親身經歷的，不止一欄。我倒無意中想起個題目Laugh Lines（笑紋——眼角嘴邊笑出來的皺紋——又一義是「招笑的幾行字」）。可惜是英文，皇冠慶祝四十週年不能用作壽禮。

近年來《皇冠》變了很多，但是總在某一層面上反映海內外中國人的面貌，最新的近影。就連在大陸，稍一鬆泛大眾就又露出本來面目，照樣愛看。內容民族性與異國情調相間，那也是普遍的嚮往，尤其在青少年間。像電視時代前美國最具影響力的一兩個綜合性的流行雜誌，中國還只此一家，別無分出。相信再過四十年，也還是有中國人的地方就有《皇冠》。即使有些讀者有時候不感到共鳴，也會像我看了對自己說：「哦……現在這樣。」

．初載於一九九五年十月《皇冠》雜誌。

笑紋後記

《洛杉磯時報》有個副刊題名View（觀賞），兼收社交時裝占星，以及婦女問題信箱、書評與連環圖畫。一九九四年五月改名Life and Style（生活與時尚），將流行名詞lifestyle（生活作風，一般專指豪華或放浪的生活作風）一分為二，既渾成又俏皮。又新辟一個笑話專欄Laugh Lines，要讀者聽見什麼笑話就寄給他們。我不是訂戶，只隔幾天買份報，所以不太確定副刊改名的日期，反正大概是五月。

在這以前一年，一九九三年三月號的《皇冠》登載我這篇〈笑紋〉，文內說笑話專欄可以叫Laugh Lines。現在洛杉磯華人多，不是不可能有《皇冠》讀者向這美西第一大報建議採用這名稱。當然也無法指控他們抄襲，只能相信純屬巧合。倒是我需要聲明我不是剽竊。

順便再提一聲，這裏的五篇散文前三篇是一九四四年的作品。頭兩篇是我將〈傾城之戀〉

小說改編為舞台劇，上演時寫的。

・據手稿。

一九八八至——？

老華僑稱洛杉磯為羅省。羅省也就是洛杉，同是音譯，不過略去「磯」字。不知道的人看了還當是州名——路易西安納州，簡稱羅省？這城市的確是面積特別大，雖然沒大得成省。是有名的「汽車聖城麥加」，汽車最新型，最多最普遍，人人都有，因此公共汽車辦得特別壞，郊區又還更不如市區。這小衛星城的大街上，公車站冷冷清清，等上半個多鐘頭也一個人都沒有。向公車來路引領佇望，視野只限這一塊天地，上有雄渾起伏的山岡，溫暖乾燥的南加州四季常青的黃綠色，映在淡灰藍的下午的天空上。在這離城較遠的山谷裏，山上還沒什麼房子，樹叢裏看不見近郊滿山星棋羅布的小白房子。就光是那高臥的大山，通體一色，微黃的蒼綠，以及山背後不很藍的藍天。第一批西班牙人登陸的時候見到的空山，大概也就是這樣。

山腳下有兩個陸橋，一上一下，同是兩道白色水泥橫欄。白底白條紋的橋身成為最醒目的伸展台，展示縮小了的汽車，遠看速度也減低了，不快不慢地一一滑過去，小巧玲瓏的玩具汽車，花紅柳綠，間有今年新出的雅淡的金屬品顏色，暗銀，暗紅，褪淡了的軍用罐頭茶褐色。拖車，半客半貨車，活動住屋，滿載汽車的雙層大塌車，最新的貨櫃車，車身像紙糊的，後門開關只裝一條拉鍊，後影像一隻軟白塑膠掛衣袋。旅行車前部上端高翹著突出的遊覽窗，像犀牛角又像高捲的象鼻。大貨櫃車最多，把橋闌干一比比得更矮了，攔擋不住，一隻隻大白盒子搖搖欲墜，像要跌下橋來。

兩座陸橋下地勢漸趨平坦。兩座老黃色二層樓房，還是舊式棕色油漆木窗櫺，圈出一塊L形空地。幾棵大樹下停著一輛舊卡車。泥地上堆著一堆不知什麼東西，上蓋到處有售的軍用橄欖綠油布。這裏似乎還是比較睡沉沉的三〇四〇年間，時間與空間都不大值錢的時代。

山上山下橋下，三個橫幅界限分明，平行懸掛，三個截然不同的時期，像考古學家掘出的時間的斷層。上層是古代；中下層卻又次序顛倒，由現代又跳回到幾十年前。

再往下看就是大街了，極寬闊的瀝青路，兩邊的店鋪卻都是平房或是低矮的樓房，太不合比例，使人覺得異樣，彷彿大路兩旁下塌，像有一種高高墳起的黃土古道，一邊一條乾溝，無端地予人荒涼破敗之感。

都是些家具店、窗簾店、門窗店、玩具店、地板磚店、浴缸店。顯然這是所謂「宿舍城」，又稱「臥室社區」，都是因為市區治安太壞，拖兒帶女搬來的人，不免裝修新屋，天天遠道開車上城工作，只回來睡覺。也許由於「慢成長」環保運動，延緩開發，店面全都灰撲撲的，掛著保守性的黑地金字招牌，似都是老店。一個個門可羅雀。行人道上人踪全無，偶有一個胖胖的女店員出去買了速食與冷飲，雙手捧回來，大白天也像是自知犯了宵禁，鬼頭鬼腦匆匆往裏一鑽。

簡直是個空城，除了街上往來車輛川流不息——就是沒有公車。公車站牌下有隻長櫈，椅背的綠漆板上白粉筆大書：

Wee and Dee

1988——?

（「魏與狄，一九八八至——？」）英文有個女孩的名字叫狄，但是這裏的「狄」與魏或衛並列，該是中國人的姓。在這百無聊賴的時候忽然看見中國人的筆迹，分外眼明。國語「魏」或「衛」的拼法與此處的有點不同，想必這是華僑。華僑姓名有些拼音很特別，是照閩粵方言。狄也許是戴，魏或衛也可能是另一個更普通常見的姓氏，完全意想不到的。聽說東南亞難民很多住在這一帶山谷的，不知道為什麼揀這房租特別貴些的地段。當然難民也分等級，不過公車乘客大概總是沒錢的囉。

到處都有人在牆上、電線桿上寫：「但尼愛黛碧」，或是「埃迪與秀麗」，兩個名字外面畫一顆心。向來到處塗抹的都是男孩。連中國自古以來的「某某到此一遊」，與代表二次大戰所有的海外美國兵的「吉若義到過這裏（Gilroy was here）」，也都是男性的手筆。在這長櫈上題字的是魏先生無疑了，如果是姓魏的話。「魏與戴」，顯然與一顆心內的「埃迪與秀麗」同一格式，不過東方人比較拘謹，不好意思，心就免了。但是東方人，尤其是中國人，寫這個的倒還從來沒見過。大概也是等車等得實在不耐煩了，老是面向馬路的一端——左顧右盼一分神，公車偏就會乘人一個眼不見，飛馳而過，儘管平時笨重狼犺，像有些大胖子有時候卻又行動快捷得出人意表——雖說山城風景好，久看也單調乏味，加上異鄉特有的一種枯淡，而且打工怕遲到，越急時間越顯得長，久候只感到時間的重壓，一切都視而不見，聽而不聞，更沉悶得要發瘋，才會無聊得摸出口袋裏從英文補習班黑板下揀來的一截粉筆，吐露出心事：

「魏與戴

一九八八至——？」

寫於墓碑上的「亨利．培肯，一九二三至一九七九」，帶著苦笑。亂世兒女，他鄉邂逅故鄉人，知道將來怎樣？要看各人的境遇了。

一般彼此稱呼都是用他們的英文名字，強尼埃迪海倫安妮。倒不用名字而用姓，彷彿比較冷淡客觀。也許因為名字太像那些「但尼愛黛碧」，以及一顆心內的「埃迪與秀麗」，作為赤裸裸的自我表白，似嫌藏頭露尾。不過用名字還可以不認賬，華人的姓，熟人一望而知是誰，不怕同鄉笑話！這小城鎮地方小，同鄉又特別多。但是他這時候什麼都不管了。一絲尖銳的痛苦在惘惘中迅即消失。一把小刀戳進街景的三層蛋糕，插在那裏沒切下去。太乾燥的大蛋糕，上層還是從前西班牙人初見的淡藍的天空，黃黃的青山長在，中層兩條高速公路架在陸橋上，下層卻又倒回到幾十年前，三代同堂，各不相擾，相視無覩。三個廣闊的橫條，一個割裂銀幕的彩色旅遊默片，也沒配音，在一個蝕本的博覽會的一角悄沒聲地放映，也沒人看。

附錄一・愛憎表

我近年來寫作太少，物以稀為貴，就有熱心人發掘出我中學時代一些見不得人的少作，陸續發表，我看了往往啼笑皆非。最近的一篇是學校的年刊上的，附有畢業班諸生的〈愛憎表〉。我填的表是最怕死，最恨有天才的女孩太早結婚，最喜歡愛德華八世，最愛吃叉燒炒飯。隔了半世紀看來，十分突兀，末一項更完全陌生。都需要解釋，於是在出土的破陶器裏又檢出這麼一大堆陳穀子爛芝麻來。

最怕死

我母親回國後，我跟我弟弟也是第一次「上桌吃飯」，以前都是飯菜放在椅子上，坐在小矮凳上在自己房裏吃。她大概因為知道會少離多，總是利用午飯後這段時間跟我們談話。

「你將來想做什麼？」她問。

能畫圖，像她，還是彈鋼琴，像我姑姑。

「姐姐想畫畫或是彈鋼琴，你大了想做什麼？」她問我弟弟。

他默然半晌，方低聲道：「想開車。」

她笑了。「你想做汽車夫？」

他不作聲。當然我知道他不過是想有一部汽車，自己會開。

「想開汽車還是開火車？」

他又沉默片刻，終於答道：「火車。」

「好，你想做火車司機。」她換了個話題。[1]

女傭撤去碗筷，泡了一杯杯清茶來，又端上一大碗水菓，堆得高高的，擱在皮面鑲銅邊的方桌中央。我母親和姑姑新近遊玄武湖，在南京夫子廟買的仿宋大碗，紫紅磁上噴射著淡藍夾白的大風暴前朝日的光芒。

她翻箱子找出來一套六角小碗用作洗手碗，外面五彩凸花，裏面一色湖綠，裝了水清澈可愛。

「你喜歡吃什麼水菓？」

我不喜歡吃水菓，頓了頓方道：「香蕉。」

她笑了，摘下一隻香蕉給我，喃喃地說了聲：「香蕉不能算水菓。像麵包。」替我弟弟削蘋果，一面教我怎樣削，又講解營養學。此外第一要糾正我的小孩倚賴性。

「你反正什麼都是何干——」叫女傭為某「干」某「干」，是乾媽的簡稱，與濕的奶媽對立。「她要是死了呢？當然，她死了還有我，」她說到這裏聲音一低，又輕又快，幾乎聽不見，下句又如常：「我要是死了呢？人都要死的。」她看看飯桌上的一瓶花。「這花今天開著，明天就要謝了。人也說老就老，今天還在這裏，明天知道怎樣？」

家裏沒死過人，死對於我毫無意義，但是我可以感覺她怕老，無可奈何花落去，我想保護她而無能為力。她繼續用感傷的口吻說著人生朝露的話，我聽得流下淚來。

「你看，姐姐哭了。」她總是叫我不要哭，「哭是弱者的行為，所以說女人是弱者，一來就哭。」但是這次她向我弟弟說：「姐姐哭不是因為吃不到蘋果。」

我弟弟不作聲，也不看我。我一尷尬倒收了淚。

我從小在名義上過繼給伯父伯母，因為他們就只一個兒子，伯母想要個女兒。所以我叫他們爸爸姆媽，叫自己父母叔叔嬸嬸。後來為了我母親與姑姑出國一事鬧翻了——我伯父動員所有說得進話去的親戚，源源不絕北上作說客，勸阻無效，也就不來往了，她們回來了也不到他們家去。我們還是去，但是過繼的話也就不提了。不過我的稱呼始終沒改口。我喜歡叫叔叔嬸嬸，顯得他們年青瀟洒。我知道我弟弟羨慕我這樣叫他們，不像他的「爸爸媽媽」難以出口。[2]

有一天有客要來，我姑姑買了康乃馨插瓶擱在鋼琴上。我聽見我母親笑著對她說：「幸虧小煐叫嬸嬸還好，要是小煃[3]大叫一聲『媽』，那才——」

其實我弟弟沒響響亮亮叫過一聲「媽媽」，總是羞澀地囁嚅一聲。

關於倚賴性，我母親的反覆告誡由於一曝十寒，並沒見效。七八年後我父親還憤憤地說：「一天也離不了何干，還要到外面去！」

但是當時她那一席話卻起了個副作用，使我想到死亡。那時候我們住白粉壁上鑲烏木大方格的光頂洋房，我姑姑說「算是英國農舍式。」有個英國風的自由派後園，草地沒修剪，正中一條紅磚小徑，小三角石塊沿邊，道旁種了些圓墩墩的矮樹，也許有玫瑰，沒看見開過花。每天黃昏我總是一個人仿照流行的「葡萄仙子」載歌載舞[4]，沿著小徑跳過去，時而伸手撫摸矮樹，輕聲唱著：

「一天又過去了。

離墳墓又近一天了。」[5]

無腔無調，除了新文藝腔。雖是「強說愁」，卻也有幾分悵惘。父母離婚後，我們搬過兩次家，卻還是天津帶來的那些傢俱。我十三歲的時候獨自坐在皮面鑲銅邊的方桌旁，在老洋房陰暗的餐室裏看小說。不吃飯的時候餐室裏最清靜無人。這時候我確實認真苦思過死亡這件事。死就是什麼都沒有了。這世界照常運行，不過我沒份了。真能轉世投胎固然好。我設法想像這座大房子底下有個地窖，陰間的一個閒衙門。有書記錄事不憚煩地記下我的一言一行，善念惡念厚厚一疊賬簿，我死後評分發配，投生貧家富家，男身女身，還是做牛做馬，做豬狗。義犬救主還可以受獎，來世賞還人身，豬羊就沒有表現的機會了，只好永遠沉淪在畜生道裏。

我當然不會為非作歹，卻也不要太好了，死後玉皇大帝降階相迎，從此跳出輪迴，在天宮裏做過女官，隨班上朝。只有生生世世歷經人間一切，才能夠滿足我對生命無饜的慾望。[6]

基督教同樣地使人無法相信。聖母處女懷孕生子，這是中國古老的神話已有的，不過是對偉人的出身的附會傳說。我們學校的美國教師是進步的現代人，不大講這些，只著重「人生是道德的健身房。」整個人生就是鍛鍊，通過一次次的考驗，死後得進天堂與上帝同在，與亡故的親人團聚，然後大家在一片大光明中彈豎琴合唱，讚美天主。不就是做禮拜嗎？學校裏每天上課前做半小時的禮拜，星期日三小時，還不夠？這樣的永生真是生不如死。[7]

但是我快讀完中學的時候已經深入人生，有點像上海人所謂「弄不落」了，沒有瞻望死亡的餘裕，對生命的胃口也稍殺。等到進了大學，炎櫻就常引用一句諺語勸我：「Life has to be lived.」勉強可以譯為「這輩子總要過的，」語意與她的聲口卻單薄慘淡，我本來好好的，聽了也黯然良久。

但是畢業前一年準備出下年的校刊，那時候我還沒完全撇開死亡這問題。雖然已經不去妄想來世了，如果今生這短短幾十年還要被斬斷剝奪，也太不甘心。我填表總想語不驚人死不休，因此甘冒貪生怕死的大不韙，填上「最怕死」。

或者僅只是一種預感，我畢業後兩年內連生兩場大病，差點死掉。第二次生病是副傷寒住醫院，雙人房隔壁有個女性病人呻吟不絕，聽著實在難受，睡不著。好容易這天天亮的時候安靜下來了，正覺得舒服，快要朦朧睡去，忽聞隔壁似有整理東西的綷縩響動，又聽見看護低聲說話，只聽清楚了一句：「才十七歲！」[8]

小時候人一見面總是問：「幾歲啦？」答「六歲」，「七歲」。歲數就是你的標誌與身份證。老了又是這樣，人見面就問「多大年紀啦？」答「七十六了，」有點不好意思地等著聽讚嘆。沒死已經失去了當年的形貌個性，一切資以辨認的特徵，歲數成為唯一的標簽。但是這數目等於一小筆存款，穩定成長，而一到八十歲就會身價倍增。一輩子的一點可憐的功績已經在悠長的歲月中被遺忘，就也安於淪為一個數字，一個號碼，像囚犯一樣。在生命的兩端，一個人就是他的歲數。但是我十七歲那年因為接連經過了些重大打擊，已經又退化到童年，歲數就是一切的時候。我十七歲，是我唯一沒疑問的值得自矜的一個優點。一隻反戴著的戒指，鑽石朝裏，沒人看得見，可惜鑽石是一小塊冰，在慢慢地溶化。過了十七就十八，還能年年十八歲？

所以我一聽見「才十七歲」就以為是說我。隨即明白過來，隔壁房間死了人，抬出去了，清理房間。是個十七歲的女孩子。在那一色灰白的房間裏，黎明灰色的光特別昏暗得奇怪，像深海底，另一個世界。我不知道是我死了自己不知道，還是她替我死了[9]。

對於老與死，我母親過早的啟發等於給我們打了防疫針。因為在「未知生，焉知死」的幼年曾經久久為它煩惱過，終於搞疲了。說是麻木也好，反正習慣了，能接受。等到了時候，縱有憬然的一剎那，也感動不深，震撼不大，所以我對於生老病死倒是比較看得淡。

最恨有天才的女孩太早結婚

我中學畢業前在校刊上填這份「愛憎表」的時候，還沒寫〈我的天才夢〉，在學校裏成績並不好，也沒人視為天才。不過因為小時候我母親鼓勵我畫圖投稿，雖然總是石沉大海，未經採用，仍有點自命不凡，彷彿不是神童也沾著點邊。

還沒經她賞識前，她初次出國期間，我就已經天天「畫小人」[10]，門房裏有整本的紅條格賬簿，整大捲的竹紙供我塗抹。主人長年不在家，門房清閒無事，也不介意孩子們來玩。女傭避嫌，就從來不踏進這間小房間，只站在門口。這是男性的世界，敞舊的白木桌上，煙捲燒焦的烙痕斑斑。全宅只有此地有筆墨，我更小的時候剛到北方，不慣冬天烤火，烤多了上火流鼻血，就跑到門房去用墨筆描鼻孔止血，永遠記得那帶著輕微的墨臭的冰涼的筆觸。

這間陰暗的小房間日夜點著燈，但是我大都是黃昏方至，在燈下畫小女俠月紅與她的弟弟杏紅[11]，他剃光了頭只留一圈短髮，〈百子圖〉裏的「馬指蓋」[12]，西方僧侶式的髮型。他們的村莊只有兒童，議事廳上飄揚著一面三角旗，上面寫著「快樂村」[13]。

他們似乎是一個武士的部落，常奉君命出發征蠻。上午我跟我弟弟在臥室裏玩，把椅子放倒——拼成當時的方型小汽車，乘汽車上前線——吉甫車的先聲。

我母親和姑姑寄回來的玩具中有一大盒戰爭劇舞台——硬紙板佈景，許多小鐵兵士穿著拿破崙時代鮮艷的軍裝。想必是給我弟弟的。他跟我一樣毫無興趣。我的戰爭遊戲來自門房裏看見的《隋唐演義》、《七俠五義》。寄給我們的玩具中有一隻藍白相間的虎紋絨毛面硬球，有現代的沙灘球那麼大，但是沉甸甸的不能拋也不能踢，毫無用處，卻很可愛，也許她們也就是覺得可愛而買的。我叫它「老虎蛋」，征途埋鍋造飯，就把老虎蛋埋在地裏燒熟了吃。到了邊疆上，我們叉腰站在山岡上咭唎呱啦操蠻語罵陣，然後吶喊著衝下去一陣混戰，斬獲許多首級，班師還朝領獎。[14]

我外婆家總管的兒子柏崇文小時候在書房伴讀，跟著我母親陪嫁過來，他識字，可以做個廉價書記。她走了他本來要出去找事，她要求他再多等幾年，幫著照看，他也只好答應了。他娶了親，新婚妻子也就在我們家幫忙。家裏小孩稱「毛姐」「毛哥」，他的新娘子我們就叫她「毛娘」。毛娘十分俏麗，身材適中，一張紅撲撲的小鵝蛋臉，梳髻打著稀稀幾根劉海，過不慣北方寒冷，永遠兩隻手抄在黯淡的柳條布短褐下。[15]她是南京人，就是她告訴我張人駿坐籮筐縋出南京圍城的事。

我玩戰爭遊戲隔牆有耳，毛娘有一次悄聲向我學舌，笑著叫「月姐，杏弟」，我非常難為情。月紅杏紅行軍也常遇見老虎。我弟弟有一次扮老虎負傷奔逃，忽道：「我不玩了。」我只好說：「好了，我做老虎。」

「我不要玩這個。」

「那你要玩什麼呢？」

他不作聲。

從此休兵，被毛娘識破以後本來也就不大好意思打了。

後院中心有一個警亭，是預備給守衛度過北方的寒夜的，因此是一間水泥小屋，窗下搭著一張床舖，兩頭抵著牆，還是不夠長，連瘦小的崇文都只能蜷臥。我從來沒想到為什麼讓他住在這裏，但當然是因為獨門獨戶，避免了習俗相沿的忌諱——同一屋頂下不能有別人家的夫婦同房，晦氣的。毛娘與別的女傭卻同住在樓上，但是晚上可以到後院去。男傭合住的一間房在門房對過，都是與正屋分開的小方盒子，距警亭也不過幾丈遠，卻從來沒有人窺探聽房。不然女傭嘁嘁喳喳耳語，我多少會聽到一些。只見每天早上毛娘端一盆熱水放在臉盆架上，給崇文在院子裏洗臉，水裏總渥著一隻雞蛋，他在洋磁盆邊上磕破了一飲而盡，方才洗臉。

「生雞蛋補的，」女傭們說，帶著詭秘的笑容。

我覺得話裏有話，也沒往他們倆是夫妻上面想，只顧揣摩生雞蛋是個什麼滋味，可好吃。

我非常喜歡那間玩偶家庭似的小屋，總是賴在崇文的床鋪上看他的《三國演義》，看不大懂，幸而他愛講三國，草船借箭，三氣周瑜，說得有聲有色，別人也都聚攏來聽。

我母親臨走交代女傭每天要帶我們去公園。起初我弟弟有軟腳病，常常摔跤，帶他的女傭張干便用一條丈尺長的大紅線呢闊帶子給他當胸兜住，兩端握在她手裏，像放狗一樣跟在他後面。她五十多歲的人，又是一雙小腳，走得慢，到了法國公園廣闊的草坪上，他全身向前傾仆，拼命往前掙，一隻鎖條上的狗，痛苦地扭曲得臉都變了形。一兩年後他好了，不跌跤了，用不著拴帶子，我在草地上狂奔他也跟著跑，她便追著銳叫：「毛哥啊！不要跌得一塌平陽啊！」[16]震耳的女高音在廣大的空間內飄得遠遠的，我在奔跑中彷彿遙聞不知何家宅院的鸚鵡突如其來的一聲「呱」大叫。

每天中午，我幫著把拼成汽車型放翻的椅子又豎立起來，用作飯桌。開上飯來，兩個女傭在旁代夾菜。也許因為只有吃飯的時候特別接近，張干總揀這時候一掃積鬱。她要強，總氣不憤我們家對男孩不另眼看待。我母親沒走之前有一次向她說：「現在不興這些了，男女都是一樣。」她紅著臉帶著不信任的眼色笑應了一聲「哦？」我那時候至多四歲，但是那兩句極短的對白與她的神情記得十分清楚。

「你這脾氣只好住獨家村，」她總是說我。「將來弟弟大了娶了少奶奶，不要你上門。」

「是我的家，又不是他一個人的家。」

「筷子捏得高嫁得遠，捏得低嫁得近。」

「我才不！我姓張，我是張家人。」

「你不姓張，你姓碰，弟弟才姓張。」又道：「你不姓張，你姓碰，碰到哪家是哪家。」

我當時裝不聽見，此後卻留神把手指挪低到筷子上最低的地方，雖然不得勁，筷子有點不聽使喚。

張干便道：「筷子捏得低嫁得遠，捏得高嫁得近，」

「咦，你不是說捏得高嫁得遠？」[17]

「小姐家好意思的？開口就是『嫁不嫁』。」

帶我的何干在旁邊聽著，只微笑，從不接口。她雖是三代老臣，但是張干是現今主婦的陪嫁，又帶的是男孩。女主人不在家，交給何干管家，她遇事總跟張干商量。我七歲那年請了老師來家教讀，《綱鑑易知錄》開首一段就是周武王死後，兒子成王年幼，國事由周公召公合管，稱為「周召共和」。我若有所悟地想道：「周召共和就是像何干張干。」[18]

毛娘常說：「張奶奶好，有家業的，」輕聲一語帶過，略眨一下眼睛，別過臉去，不多說了，這種話說多了顯得勢利。隨又道：「鄉下有田有地，其實用不著出來幫人家的。」粗做的席干聽了，笑嘆道：「其實真是——！自己家裏過還不在家享福？不像我們是叫沒辦法。」

毛娘跟張干同鄉，知道底細。似乎張干是跟兒子媳婦不對，賭氣出來的。江南魚米之鄉，婦女不必下田耕種，所以上一代都纏足。其他的女傭來自皖北苦地方，就都是大腳。

「我們那兒女人不下田的，」張干說過不止一次，帶著三分傲氣。

她身材較高，看得出中年以後胖了些，面貌依舊秀麗白淨。她識字，在大門口擔子上買了一本勸善的歌詞石印小書，唸給別的女傭聽。內中有兩句「今朝脫了鞋和襪，怎曉明天穿不穿？」年紀大些的聽了都感動得幾乎落淚，重複唸誦，彷彿從來沒想到死亡。[19]在她們這也就是宗教兼哲學了。

張干拿了工資不用寄錢回家，因此只有她有這閒錢，這一天又在水菓担子上買了一隻柿子。我母親在我們吃上雖管得緊，只有水果儘吃，毫無限制，但是女傭們說柿子性涼，所以我從來沒見過這樣東西，覺得紅艷可愛，尤其是襯著蒼黑的硬托子葦子，嬌滴滴越顯紅嫩。

「還沒熟，要擱這些時，」張干說，隨手把它放在我們房間裏梳妝台抽屜裏。我們小孩不梳妝，抽屜全空著。她們女傭房間裏沒什麼傢俱，就光是「鋪板」——長板櫈搭的板床與各人自己的箱籠。

我們這起坐間裏也只疏疏落落幾件傢俱，充滿了浮塵的陽光晒進來，照在半舊黃色橡木妝台一角的蟠桃磁盒上。

過兩天我乘沒人開抽屜看看那隻柿子，看不出有什麼變化。此後每隔幾天我總偷看一下。是不是更紅了？在陰暗的小抽屜裏也無法確定。我根本沒想到可以拿出來看看。碰都不能碰。

一個月了。大概要擱多久才熟，我一點數都沒有。

「張干，你的柿子還沒熟？」我想問。

那好，更有得說了：「小姐家這樣饞，看中了我的柿子？」

終於有一天張干抽出抽屜一看，還是那柿子，不過紅得更深濃了，但是一捏就破，裏面爛成了一包水。

她憎惡地別過臉去，輕聲「吭」了一聲，喃喃地說了聲「忘了。」拈起來大方地拿出去丟在垃圾桶裏。我在旁邊看著非常惆悵，簡直痛心。多年後一直記得，覺得那隻柿子是禁果，我當時若有所失，一種預感青春虛度的恐懼。[20]

「到上海去嘍！到上海去嘍！」毛娘走來走去都唱誦著。「嬸嬸姑姑要回來嘍！」她有一兩次說，但是不大提這話，彷彿怕事情又有變化，孩子們會失望哭鬧。[21]

我們是到上海去接她們。為什麼要搬到上海去住，我不清楚，但是當然很高興。

「張干要走嘍！」這兩天毛娘又在唱唸著，「張干要走嘍！」

似乎張干本來預備跟我們到上海之後就辭工回南京，但是忽然這一個月半個月的工夫都等不及，寧可遠道自費返鄉。

她動身這天，毛娘又走來半警告半提醒地告訴我們：

「張干要走了！」

我弟弟只當沒聽見。我卻大哭起來。這是我第一次變遷。這一段日子完了，當然依戀。我母親走的時候我不知，而且本來一直不大在跟前，不覺得有什麼不同。

「看這毛哥一點眼淚都沒有，」毛娘不平地說。「毛姐倒哭了。」

我弟弟不作聲。張干忙出忙進料理行李，也不理會。總是衛護他，卻羞辱他。

我一面哭，也隱隱地覺得她會認為這是我對她的報復，給她難堪，證明她走得對。

男傭替她叫了一部人力車，上樓來替她搬行李。她臨走向我們正式道別：

「毛姐，我走了。你要照應弟弟，他比你小。毛哥，我走了，你自己當心，要聽何干的話。」

何干也沒接口，並沒叫她放心。我想她也覺得張干像在向我們托孤，心裏有點難受，也不好說什麼。[22]

這一段日子完了。霧濛濛的陽光黃黃地照進窗來，北方冬天長，火爐上總坐著一罐麥芽糖，褐色小瓦罐裏插著一雙筷子。糖溶化了時候女傭拔出筷子，麥芽糖的金蛇一扭一扭長長地掛，我仰著頭張著嘴接著。她們病了，就用這小瓦罐「拔火罐」，點燃一小團報紙扔進罐裏，倒扣在有雀斑的肥厚的肩背上。[23]

這裏老年人不老，成年人永遠年青，小孩除了每年長高一寸半寸，也不長大。沒有死亡，沒有婚姻，沒有生育。女人大肚子是街上偶然看見的笑話。多年後我姑姑有一次向我說起「從前嬸嬸大肚子懷著你的時候，」聽著很刺耳，覺得太對不起我母親，害她搞成這樣。這魔幻的冬陽照進天窗下的一個低溫的暖室，它也許成為我畢生的基調。十三四歲在上海我和我弟弟去看電影，散場出來，那天是僅有的一次我建議去吃點東西。北平公園附近新開了一家露天咖啡館叫惠爾康，英文「歡迎」的音譯。花園裏樹蔭下擺滿了白桌布小圓桌。我點了一客冰淇淋，他點了啤酒，我詫異地笑了。他顯然急於長大，我並不。[24]也許原因之一是我這時候已經是有責任在身的人，因為立志學琴，需要長期鍛鍊，想必也畏懼考驗，所以依戀有保護性的繭殼。

我母親與姑姑剛回國那兩年，對於我她們是童話裏的「仙子教母」，給小孩帶來幸福的命運作為禮物，但是行蹤飄忽，隨時要走的。[25]八九歲的小女孩往往是好演員，因為還沒養成自覺性而拘束起來。我姑姑彈鋼琴我總站在旁邊，彷彿聽得出神，彈多久站多久。如此志誠，她們當然上了當。

她們也曾經一再地試我，先放一張交響樂的唱片，然後我姑姑找了半天找不到一張合適的——我現在才想起來，大概因為輕性音樂很少沒歌唱的。終於她們倆交換了一個眼色，我母親示意「好了，就這個。」

下一張唱片叮叮咚咚沒什麼曲調，節奏明顯是很單薄的舞樂（可能是Ragtime或是早期爵士樂）。

「你喜歡哪一個？」

「頭一個。」

她們沒說什麼，但是顯然我答對了。帶我去聽音樂會，我母親先告訴我不能說話，不能動，不然不帶我去。

我聽她說過外國人有紅頭髮的。

「是真紅？」我問。

「真紅。」

「像大紅絨線那麼紅?」

她不答。

上海市立交響樂團連奏了一兩個鐘頭樂,我坐著一動都不動,臂彎擱在扶手上都瘦了。休息半小時期間,有人出去走動,喝點東西,我們沒離開座位。我在昏黃的大音樂廳內回顧搜索有沒有紅頭髮的人,始終沒看見。

她終於要我選擇音樂或是繪畫作終身職業。我起初不能決定。我姑姑也說:「學這些都要從小學起,像我們都太晚了。」

她很欣賞我的畫,只指出一點:「腳底下不要畫一道線。」

我畫的人物總踩著一條棕色粗線,代表地板或是土地。

生物學有一說是一個人的成長重演進化史,從蝌蚪似的胎兒發展到魚、猿猴、人類。兒童還在野蠻人的階段。的確我當時還有蠻族的邏輯,認為非畫這道線不可,「不然叫他站在什麼地方?」也說是巫師的「同情魔術」(sympathetic magic)的起源,例如灑水消毒祛病,戰鬥舞蹈驅魔等等。

「叫你不要畫這道線——」我母親只有這一次生氣了。她帶回來許多精裝畫冊,午餐後攤在飯桌上,我可以小心地翻看。我喜歡印象派,不喜歡畢卡索的立體派。

「哦，人家早已又改變作風多少次了，」她說。

我比較喜歡馬悌斯。她卻又用略一揮手屏退的口吻說：「哦，人家早又變了多少次了。」

我有點起反感，覺得他們只貴在標新立異。印象派本來也是創新，畫的人一多就不希奇了。但是後來我見到非洲彫刻與日本版畫，看到畢卡索與馬悌斯的靈感的泉源，也非常喜歡。那是由世世代代的先人手澤滋潤出來的，不像近代大師模仿改造的生硬。似乎還是音樂有一定不移的標準，至少就我所知——也就只限古典音樂的演奏。

我決定學音樂。

「鋼琴還是提琴？」我母親不經意似地輕聲說了句，立即又更聲音一低：「還是鋼琴。」我的印象是她覺得提琴獨奏手太像舞台表演，需要風標美貌。

她想培植我成為一個傅雷，不過她不能像傅聰一樣寸步不離在旁督促，就靠反覆叮嚀。[26]有一天我姑姑坐在客廳裏修指甲，夾著英文向我弟弟說：「這漂亮的年青人過來，我有話跟你商量。」他走近前來，她攬他靠在沙發椅扶手上。「你的眼睫毛借給我好不好？我今天晚上要出去。」見他不語，又道：「借我一天，明天就還你，不少你一根。」他始終不答。[27]

他十歲整生日她送了他一條領帶，一套人字呢西裝，不過是當時流行的短袴。我母親買了隻玩具獵鎗給他，完全逼真。我畫了他的畫像送他，穿著這套西裝，一手握著獵鎗站在樹林中。隔兩天我在一間閒房裏桌上發現這張畫，被鉛筆畫了一道粗槓子，斜斜地橫貫畫面，力透紙背。[28]我不禁心悸，怔了一會，想團皺了扔掉，終於還是拿了去收在我貯畫的一隻畫夾子裏。這從來沒跟他提起。

現在我畫的成年人全都像我母親，尖臉，鉛筆畫的絕細的八字眉，大眼睛像地平線小半個朝陽，放射出睫毛的光芒。

「嬸嬸姑姑你喜歡哪一個？」我姑姑問我，立即又加上一句：「不能說都喜歡。總有比較更喜歡的一個。」

她們總是考我。

終於無可奈何地說：「我去想想看。」

「好，你去想想吧。」[29]

我四歲起就常聽見說：「嬸嬸姑姑出洋去嘍！」永遠是毛娘或是我母親的陪嫁丫頭翠鈴，一個少婦一個少女，感情洋溢地吟唱著。[30]年紀大些的女傭幾乎從來不提起。出洋是壯舉而又是醜聞，不能告訴小孩的秘密。越是故作神秘，我越是不感興趣，不屑問。問也是白問。反正我相信是壯舉不是醜聞。永遠嬸嬸姑姑並提，成為一個單元，在我腦子裏分不開，一幅古畫上的美人與她的挽雙髻的「小鬟」。[31]

「你說你更喜歡哪一個？」我姑姑逼問，我母親在旁邊沒開口。

「不知道。我去想想看，」我無可奈何地說。

「好，你去想吧。」

我背過臉去竭力思索。我知道我是嬸嬸的女兒，關係較深。如果使她生氣，她大概不會從此不理我。

「想好了沒有？」我姑姑隔了半晌又問。

「喜歡姑姑。」

我母親顯然不高興。我姑姑面無表情，也不見得高興。我答錯了，但是無論如何，我覺得另一個答案也不妥。我已經費盡心力，就也只好隨它去了。

親戚中就數李家大表伯母來得最勤，一日忽笑道：「小瑛忠厚。」

我母親笑道：「聽見沒有？『忠厚乃無用之別名。』」32

她還不知道我有多麼無用。直到後來我逃到她處在狹小的空間內，她教我燒開水補袜子，窮留學生必有的準備，方詫異道：「怎麼這麼笨？連你叔叔都沒這樣，」說著聲音一低。

她忘了我外婆。我更沒想起。她死得早，幾乎從來沒人提起我的外祖母，所以總是忘了有她這個人。我母親口中的「媽媽」與「你外婆」是從小帶她的嫡母。她照規矩稱生母為「二姨。」

毛娘是他們家總管的媳婦，雖然嫁過去已經不在他們家了，比較知道他們家的事。

「二姨太……」毛娘有一次說起，只一笑，用手指篤篤輕叩了一下頭腦。

我外婆大概不是有精神病，從前的人買妾檢查得很嚴格，不比娶妻相親至多遙遙一瞥，有些小姐根本「不給相」。她又是他們自己家鄉的村女，知道底細的，無法矇混過去。她又不過中人之姿，不會是貪圖美貌娶個白痴回來。蕩婦妖姬有時候「承恩不在貌」，鄉下大姑娘卻不會有別的本領使人著迷到這地步。

照片上的我外公方面大耳，眉目間有倨傲的神氣，只是長得有點杆頭杆腦的不得人心。

我母親有一次飯後講起從前的事，笑道：「他立志要每一省娶一個。」因為有點避諱，只說「他」，我先不知道是說我外公。可以算是對我姑姑說的，雖然她大概聽見她講過。

我聽了，才知道是我外公。

「那時候是十八行省，一省娶一個，也已經比十二金釵多了一半。換了現在二十二省，那好！」

「他是死在貴州——？」我姑姑輕聲說。她總是說「我這些事聽得多了！」向不留心。

「貴州。瘴氣呃！家裏不讓他去的，那麼遠，千里迢迢，就去做個縣丞——他非要去嘍！

想著給他歷練歷練也好。」家裏想實在拿他沒辦法，像現在的父母送頑劣的兒子進軍校，希望他磨練成個男子漢。才二十四歲。「報信報到家裏，大姨太二姨太正坐在高椅子上拿著繃子綉花。二姨太懷著肚子，連人連椅子往後一倒，昏了過去。」[33]

她顯然是愛他的。他死後她也沒活幾年。他要娶十八個不同省籍的女人，家裏給娶的太太也是同鄉，大概不算。壯志未成身先死，僅有的一兩個倒都是湖南人。第二個湖南人想必是破格看中的。她一定也有知己之感，「多謝西川貴公子，肯持〔紅燭賞殘花〕」[34]，不過不是殘花是傻瓜。無疑地，即在村姑中她也是最笨的。

大姨太是「堂子裏人」，我趕得上看見的祖母輩唯一的一個，我稱好婆。[35]她一口湖南話，想必來自長沙妓院。我八九歲到舅舅家去，表姐們帶我到三層樓上去見好婆。她獨住一個樓面，吸鴉片，在年青的時候照片上身材適中，老了只瘦小了，依舊腰背畢挺，一套石青摹本緞袄袴，緊身長袄下露出一小截筆管似的袴腳，細緻的臉蛋上影沉沉垂著厚重的眼瞼，不大看人，也不像別的老太太喜歡小孩，但總是盡量招待，烟舖上爬起來從紅木妝台上大玻璃罐裏抓一把陳皮梅給我們，動作俐落。表姐們替好婆搥腿，我搥得手痠也不歇，總希望她說我比表姐們好。她如果說過，也是淡淡的一句半句，出於中國婦女例有的禮貌，誇讚別人家的孩子。

常常就剩我一個人在搥腿，她側臥著燒烟。沉默中幽暗的大房間裏沒什麼可看的，就那兩隻綠慘慘的大玻璃罐，比烟紙店的糖果罐高大，久看像走近細雨黃昏的花園，踩著濕草走很遠的路，不十分愉快的夢境。

「定柱倒是——」我母親講起來，不說「你舅舅」而叫姓名，也算是對我姑姑說的。「媽媽臨死的時候要他答應對大姨好，他倒是——。」[36]

固然是大婦賢惠，總也是大姨太會做人，處得好。她從來不下樓，見了面稱「少爺少奶奶，」適如其度地淡淡而有分寸。她似乎是那種為男子生存的女人。房下有這妖姬，二姨太的日子不是好過的，上面又有正室與婆婆。四周都是虎視眈眈的搬嘴討好的婢僕。他們的老太爺以軍功封了男爵，雖說當時「公侯滿街走，伯爵多如狗」（見《孽海花》），因為長期內戰，太平天國後民窮財盡，酬庸別無他法。她一個鄉下人乍到大戶人家，越是怕出醜越會出亂子，自然更給當作瘋傻。

遺傳往往跳掉一代。沾著點機器的事我就是鄉下人。又毫無方向感，比鄉下人還不如。智力測驗上有「空間」一項，我肯定不會及格。買了吸塵器，坐在地毯上看著仿單上的指示與圖樣，像拼圖遊戲拼一整天。在飛機上繫座位帶每次都要空中小姐代繫，坐出差汽車就只好自己來，發現司機在前座位的小鏡子裏窺視，不知道我把他的車怎樣了，我才住手，好在車禍率不高。

「是我外婆，」我快到中年才想起來，遇到奇笨的時候就告訴自己，免得太自怨自艾。

小學畢業那年演英文話劇，我扮醫生，戴呢帽戴眼鏡，提著一隻醫生的黑皮包出診，皮包裏有一瓶水，一隻湯匙。在台上開皮包，不知怎麼機括扳不動，掙扎了半天，只好仿照京劇的象徵性動作，假裝開了皮包取出藥瓶湯匙，喂病人吃藥。台下一陣輕微的笑聲。

在中學做化學實驗，不會擦火柴，無法點燃本森爐——小酒精爐？不確定是否酒精。

小時候奶媽在北上的火車上煮牛奶打翻了，臉上身上都燒傷得很厲害。家裏女傭兔死狐悲，從此就怕失火，一見我拿起火柴盒便笑叫「我來我來，」接了過去。但是無論有什麼藉口，十五六歲不會擦火柴總跡近低能，擦來擦去點不著，美國女老師巡行到座前，我總是故作忙碌狀，勉強遮掩過去，下了課借同班生的實驗紀錄來抄。幸而她知道傳抄的人多，只要筆試還過得去，也就網開一面。[37]

七八歲的時候在天津聽毛娘講故事，她一肚子孟麗君女扮男裝中狀元，獃女婿的笑話。這一天她說：「有一個人掮著把竹竿進城門，竹竿太長了進不去。城頭上一個人說：『好了好了，你遞給我，不就進去了嗎？』」

我點頭微笑領會，是真是聰明的辦法。

她倒不好意思起來，悄聲笑道：「把竹竿橫過來，不就扛進城門了？」

我呆了一呆，方才恍然。

其實這也就是最原始的物理。三歲看八十，讀到中學畢業班，果然物理不及格。那時候同學問大家都問畢業了幹什麼，沒升學計劃的就是要嫁人了。一九三〇年間女職員的出路還很有限。我急於表白，說出我有希望到英國進大學，也只告訴了我班一稱得上朋友的兩個室友，同房間多年的。就此傳了出去。學校當局為了造就人才，一門功課不及格畢不了業，失去留學的機會，太可惜了，破格著教物理的古柏小姐替我補習，單獨授課，補了一暑假再補考，還是不及格！不是不用功，像鐵鎚在腦殼上釘釘，釘不進去，使我想起京劇《雙釘計》。

教地理的閔老師寫過一篇東西關於我，說我在校刊上發表了一首打油詩嘲弄一位國文老師：「鵝黃眼鏡翠藍袍，一步擺來一步搖……」[38]因而差點畢不了業。那是在年刊《鳳藻》外新出的一個小冊子期刊《國光》，九一八後響應抗日的刊物，文藝為副。校方本來反對，怕牽涉時事有礙，一向不重視中文部，我是物理不及格，差點畢不了業，最後教務會議上提出討論，看在留學不易份上，還是讓我畢業。

女孩學理化不成，還有可說，就連教會學校最注重的英文，用作課本的小說我沒一本看完的，故事情節都不知道，考試的時候矇混過關，勉強及格。初中二年級讀世界名著《佛蘭德斯（今比利時荷蘭）的一隻狗》，開首寫一個小男孩帶著他的狗在炎陽下白色的塵土飛揚的大道上走，路遠乾渴疲倦，行行重行行，行行重行行，我看了一兩頁就看不下去了，覺得人生需要忍受厭煩的已經太多。當時無法形容的一種煩悶現在可以說是：人生往往是排長龍去買不怎麼想要的東西，像在共產國家一樣。所以我對輟學打工或是逃家的舉動永遠同情，儘管是不智的，自己受害無窮。我始終也不知道這小男孩是到什麼地方去。考試前曾經找同班生講過故事大綱，也早已忘得乾乾淨淨。

下年讀《織工馬南傳》也如此。最近在美國電視上，老牌《今宵》夜談節目的長期代理主持人芥·廉諾提起從前在學校裏讀《織工馬南傳》，說了聲「那賽拉斯·馬南」便笑了，咽住了沒往下說，顯然不願開罪古典名著引起非議。我聽了卻真有「海外存知己」之感，覺得過往許多學童聽了都會泛出一絲會心微笑。

在中學住讀，星期日上午做三小時的禮拜，每兩排末座坐一個教職員監視，聽美國牧師的強蘇白笑出聲來的記小過。禮拜堂狹小的窗戶像箭樓的窗洞，望出去天特別藍，藍得傷心，使人覺得「良辰美景奈何天」，「子兮子兮，如此良」辰「何」。烏木彫花長椅上排排坐，我強烈地感到我在做錯事，雖然不知道做什麼才對。能在禮拜堂外的草坪上走走也好。上街擺攤子？賣號外？做流浪兒童？這都十分渺茫，其實也就是我一度渴望過的輪迴轉世投胎，經歷各種生活。[39]

做禮拜中途常有女生暈倒，被挾持著半抬半扶地攙出去，大家儘力憋著不回頭去看。天氣並不熱，不會是中暑。我很羨慕，有這種羅曼諦克的病！維多利亞時代的小說之外沒聽說過。高年級的課外讀物大都選擇《簡愛》等，我一本都沒看過，連林琴南譯的《塊肉餘生述》都看不下去。

我的英文課外讀物限於我姑姑的不到「三尺書架」，一部《世界最佳短篇小說集》，威爾斯的四篇非科幻中篇小說，羅素的通俗哲學書《征服快樂之道》，與幾本德國Tauching版的蕭伯納自序的劇本。[40]我姑姑喜歡這象牙色的袖珍本，是跟我父親借的，後來兄妹鬧翻了，就沒還。她只說了聲「這還是你叔叔的，」微笑中也許帶著點苦笑的意味。她吃過他的大虧，就落下他這點東西。

「叔叔給我取了個名字叫孟媛，」我告訴我姑姑。不知道是否字或號，我有點喜歡，比我學名「允偀」女性化——我們是「允」字排行，下一個字「人」字邊。

我姑姑攢眉笑道：「這名字壞極了。」

給她一說，我也覺得俗氣，就沒想到「孟媛」是長女，我父親顯然希望再多生幾個兒女，所以再婚後遷入一座極大的老洋房。[41]我繼母極力開源節流，看報上婦女專欄上的家庭工業建議，買了兩隻大白鵝在荒廢的網球場上養鵝，天天站在樓窗前看牠們踱步。老不下蛋，有的傭人背後懷疑是否兩隻都是公的或母的。[42]

女傭工資通行每月五元，粗做三元。何干因為是從前老太太的人，一直都是十元，後母當家降為五元，而且我後母說我現在住讀，何干改帶我弟弟，男孩比較簡單，沒什麼事做，可以洗衣服。頭髮雪白還要洗被單，我放月假回來，聽見隔壁裝著水龍頭的小房間裏洗衣板在木盆中格噔格噔地響，響一下心裏抽痛一下。[43]

我跟白俄女琴師學鋼琴很貴，已經學了六七年了，住讀不學琴不能練琴，只好同時也在學校裏學琴。教琴的老小姐臉色黃黃紅紅的濃抹白粉，活像一隻打了霜的南瓜。她要彈琴手背平扁，白俄教師要手背圓凸，正相反。

「又鼓起來了！」她略帶點半嗔半笑，一掌打在我手背上。

兩姑之間難為婦，輪到我練琴的鐘點，單獨在那小房間裏，我大都躲在鋼琴背後看小說。白俄女教師向我流淚。我終於向我父親與後母說：「我不學琴了。」[44]

他們在烟榻上也只微笑「唔」了一聲，不露出喜色來。

告訴我姑姑是我有生以來最痛苦的一件事。我母親在法國，寫信到底比較容易。

我姑姑不經意似地應了聲「唔」，也只說了聲「那你預備學什麼呢？你已經十六歲了，」警告地。

「我想畫卡通，」我胸有成竹地回答。我想可以參用國畫製成長幼咸宜的成人米老鼠。那時候萬氏兄弟已經有中國娃娃式的「鐵扇公主」等，我夢想去做學徒學手藝，明明知道我對一切機械特別笨，活動卡通的運作複雜，而且我對國畫性情不近，小時候在家裏讀書，有一個老師會畫國畫，教我只用赭色與花青。

我不能相信我的耳朵，又再問了一遍，是真只用兩個顏色，又是最不起眼的顏色，頓覺天地無光，那不是半瞎了嗎？[45]

我姑姑並沒追問我預備怎樣從事學習，我自己心裏感到徬徨。

我選定卡通不過因為（一）是畫，（二）我是影迷。

以後她只有一次提起我不學琴的事，是在親戚間聽到我父親與後母的反響：「他們當然高興，說：『她自己不要學了嘛！』」

我背棄了她們，讓她們丟臉。

有個本家姪兒從家鄉來，又一個「大姪兒」，有二三十歲了，白淨的同字臉戴著黑邊眼鏡，矮墩墩陰惻惻的，大家叫他的小名阿信，我和我弟弟當面不直呼其名，沒有稱呼。他找了個事做科員，常來陪我父親談天，混口鴉片烟吃。據他說沒吃上癮。

「阿信結婚了，」我放假回來，我弟弟告訴我。

「阿信少奶奶」我只見過一面，也是北邊人，還穿著喜筵上的淡橙色銀花旗袍，大紅軟緞鑲邊，胖嘟嘟的有點像阿信，不過高大些，就顯得庸脂俗粉而又虎背熊腰。

又有一次我回家聽我弟弟說：「阿信對他的少奶奶壞。」

我向我後母要了十塊錢去拍畢業照，照片洗出來不得不拿去給她和我父親看。

「真難看，」我不好意思地說。「像個小雞。」清湯掛麵的頭髮嫌難看，剪短了更像一隻小雞的頭。

她笑道：「都是這樣的呀。燙了頭髮就好了。你要不要燙頭髮？」

我遲疑著笑而不答，下次見到我姑姑的時候說：「娘問我要不要燙頭髮。」

我姑姑笑道：「你娘想嫁掉你。」

46

我怔了一怔，夷然笑了笑，卻從此打消了燙髮的念頭。都是一燙頭髮，做兩件新衣服，就是已經有人給介紹朋友，看兩場電影吃兩頓飯就結婚了。

但是我開始有一個白日噩夢——恐怖的白日夢。總是看見一個亭子間似的小房間擺滿了亮黃的桃花心木傢俱，像我後母的典型新房傢俱。我低著頭坐在床上，與對面的衣櫥近在咫尺。強烈的燈光照射下，東西太多擠得人窒息。櫥上嵌的穿衣鏡裏赫然是阿信少奶奶。我不去看她她也在那裏，跟我促膝坐著。

「我在這裏幹什麼？」我在心裏叫喊。想跑已經太晚了，喜酒吃過，婚禮行過，喜帖發出去了，來不及了。

「她自己願意的嘛！」我後母向人說。

顯然是我自己受不了壓力與罪惡感，想遁入常人的生活，而又有這點自知之明，鏡子裏是阿信少奶奶而不是我漂亮的已婚表姐。阿信的婚事是我心目中的雙方都俯就的婚事[47]。

我所知道的唯一的早婚女孩是一個同班生葉蓮華。其實她大概比我們的平均年齡大好兩歲。她跟她妹妹葉蓮芬一樣高，顯然都長足了，而且都燙了頭髮，更顯得成熟。同樣頎長，她妹妹更健美些，不過一口白牙有點刨牙。她較近古美人型，削肩探雁脖兒掩護著線條柔軟的胸脯，細窄的鵝蛋臉與腰身，淡淡的長眉低低覆在微腫的眼泡上。上英文課，叫到她她總是一手扶著椅背怯怯站著，穿著件窄袖墨綠絨線衫，帶著心虛的微笑，眼睛裏卻又透出幾分委屈與不耐。她們是插班進來的，姐妹倆同班，功課跟不上，國學卻有根底。九一八後她做了首中秋詩，七絕末兩句老師濃圈密點，闔校傳誦讚嘆：

「塞外忽傳三省失，江山已缺一輪圓。」[48]

下年她忽然輟學，傳出她結婚的消息，說是她家裏經濟情形壞，不得不把她嫁給一個當舖老板。我們才高中一年級，大家駭異震動。

我想著：「如果是葉蓮芬，他們一定不敢。」她妹妹性格比較開朗。

一兩年內又聽說她死了。她妹妹紅著眼圈不說什麼。也不知是什麼病，卻也不是自殺。大家嗟嘆中帶著一些曖昧，使我聯想到《紅樓夢》中迎春之死，十二釵冊子裏詠迎春有「把公府千金當下流」句，當時印象模糊，現在看來想必是指雞姦（只有妓女，尤其是老妓才肯的），以及更變態的酷刑。迎春就是給糟蹋死的。當時的流行刊物上最常引的一句名言是「結婚是戀愛的墳墓。」就連我那表姐結婚是經過追求與熱戀，我們這些年紀小些的表姐妹們都還替她惋惜，說她白紗下面的臉龐慘白得像死了一樣，彷彿她自己也覺得完了。

畢業那年大家都問「畢了業……」……等著嫁人了。……

49

我成績這樣糟，只有作文有時候拿高分，但是同班生中就有葉蓮華的舊詩，張如瑾還有長篇小說出版，我在校刊上登兩篇東西也不算什麼。進了大學之後我寫〈我的天才夢〉，至少對於天才不過是夢想。不比此地公然宣稱「最恨有天才的女孩子早婚，」分明自命為天才，再一看年刊上那張照片，似乎早婚的危險也是杞憂，難道我是指葉蓮華的悲劇？至少用義憤來掩藏我的白日噩夢？

這到底還是以小人之心度君子之腹——十幾歲的人沒有找藉口的習慣。乾脆就是大言不慚。但是正值我放棄了鋼琴，摧毀了自信心的時候？除非是西諺所謂「在黑暗中吹口哨」，夜行人壯自己的膽？

最喜歡愛德華八世

〔按：此節殘缺零碎，部分內容已見於前兩節，疑是初稿。〕

青黑的天空，天心最高處一個大半滿的小白月亮邊上微光溶溶。

北方夏天也酷熱。晚上大家都到後天井乘涼，女傭們帶著她們餐桌邊的長板櫈，我們端著小牛皮櫈。她們一人一把大芭蕉扇。粗做的席干要我替她在扇子上用蚊香燒出她的姓，就著門房的燈光燒焦一個個小點，要小心不燒破了。[50]

「張奶奶你看這月亮有多大？」

「我看啊，總有個雙角子大。」

「席奶奶你看有多大？」

「我看才一毛錢大。何奶奶你看呢？」她反問。

「你小呃！我這老花眼不行嘍！」何干似乎不敢說出她眼中的月亮有多麼大。

「你們這小眼睛看有多大？」她問我。

我舉起一截手指比著。有一毛錢大，但是那是我拿在手裏的一毛錢，拿得遠些就小些。掛在空中的就更小。掛得那麼遠不更小得看不見了？我思路混亂起來，比了半天也無法回答。[51]

「說是這兩天又在抓人殺頭。殺共產黨，」張干幽幽地閒閒地說。

「怎麼叫共產黨，什麼都共？」席干輕聲笑著納罕。

片刻的寂靜。窮人沒東西給人共，除非共別人的。就互避嫌疑。

毛娘應道：「噯。共產也共妻噯！」

大家都笑了。方才鬆弛下來。

「有土狗子，」何干指著陰溝邊。我忙跑去看。

淡土黃色光亮的三寸長小動物，介於小肥狗與青蛙之間，依稀有四隻，頭上一邊一個小黑點是眼睛，肉唧唧的非常恐怖。伏在那裏不動，不細看還當是塊泥土。[52]

門房對過的一個小屋是男傭合住的一間房，沒點燈。門口紅紅的香烟頭明滅，有人穿著汗衫坐在長板櫈上，也有人穿著白布對襟唐衫的。

毛娘悄悄笑道：「史爺多規矩，看我們來了就進去加件小褂子出來。」[53]

史祥從前因為我祖母忌諱他姓史音近「死」，吩咐讀「史」為say，上聲。至今家裏小孩與傭僕都呼他say爺。我祖母喪夫後這樣怕死，想也是為了擔憂子女太小，她死不得。結果還是只活到四十幾歲，彷彿也是一種預感。

地藏王生日，女傭們出得起錢的都出錢買了香插在院子裏，前面花園，後天井深溝邊，一枝枝都插遍了，黑暗中一點點紅色星火。似乎沒人知道地藏王是管什麼的。史爺乾瘦精壯，剃光頭暴露出頭角崢嶸，青頭皮，微方，沉默寡言，偶而有時候帶我出去玩，也從來不說話。我坐在他肩頭上街，他自掏腰包買冰糖葫蘆給我吃，串在竹籤上的鮮紅山楂果，亮晶晶的像塗上一層冰衣。有一次走遠了，到大羅天遊藝場。[54]一進門就走上簡陋的寬闊樓梯，青灰色水泥牆壁與樓梯四面封牢了，監獄似地陰森可怕，沒人也沒人聲，大概因為時間還早。[55]但是一上樓便也聽見鑼鼓聲，一個黑洞洞的窄門望進去，黑洞洞的劇場最遠的一端有明亮的戲台在唱戲，一小長方塊的五彩畫面，太小又太遠，看不出什麼來。門口三三兩兩站著些人。史爺只在門口站了一會就又上樓去。同樣的淒寂的樓梯。樓上又演滑稽相聲，再上去又有各路大鼓，××××，我們都只在門口站著，遠遠看一會就走了。進去要再買票。

女傭們對史爺像修女敬重神甫一樣。「史爺娶過老婆，死了，」何干有一次低聲告訴其他的幾位，幾乎是談論主人的私事似的。又有一回我聽見席干竊笑著告訴何干，我們楊黃來了。

那是大奶奶家的男僕。「史爺到堂子裏去。」他說。

「堂子是什麼？」我問。

「唉嗳×！」何干斥責，然後她們都笑了。但是我總覺得史爺去的不會是什麼壞地方。[56]

當然老八搬進來以後，我聽見說她是「堂子裏人」，也漸漸明白了。僕人背後都叫她老八，她做生意的時候是那家艷幟下的八小姐。我知道我去過小公館，見到的女人就是我父親的姨太太，但是不知道怎麼從來沒想到她跟我母親離去有關。也許因為我從來不把我父母聯想到一起。我不記得同時看見過他們倆。

我父親省錢，回掉了小公館的房子，搬到家裏來。進宅那天大請客，請姨太太的小姐妹們，不像平時陪酒不上桌吃飯。女傭們都避到樓上去，只有席干在樓下幫忙，沒見過這等場面，很緊張。我乘亂躲在客廳與飯廳之間的穹門簾下，鑽在絲絨簾幕中偷看。我見過那苗條的女人招呼著一群女客進餐廳，一個個都打扮得很喜氣，深淺灰色褐色裙襖，比她矮些，面貌也都極平常，跟我們那些親戚女眷沒什麼分別，還是她梳著髻，兩根稀疏的前劉海拂額，薄施脂粉，鶴立雞群[57]。隨後我父親也帶了兩三個男賓進去，拉門橫上了。我這才注意到客廳裏還有兩個十五六歲的女孩偎倚著坐在同一張沙發椅上，粉裝玉琢，像雙生子一樣穿著同樣的淡湖色襖袴，襟袖上亮閃閃一排鑲著一圈水鑽的小鏡子。映著××××的××地毡，我覺得她們像彫刻在一起的一對玉人，太可愛了。我漸漸露出半邊臉，邊上綴著小絨毯的墨綠絲絨門簾，又逐漸褪到肩頭，希望她們看見我，逗著我說話。

席干在穿堂裏遇見何干下樓來，低聲說客廳裏的兩個，有點恐懼地：

「說是不給她們吃飯。」

隔著拉門可以聽見我父親的語聲，照常是急促的，像是衝口而出的一個短句，斷句，放鎗似的一响，兩响，今天也許特別帶點生氣的口吻。壁燈與正中一簇掛燈都開得雪亮。客廳裏靜悄悄空落落，她們倆只偶然輕聲對彼此說句話。我實在等得不耐煩，終於　一寸半時　門簾漸漸現身　柔軟　只裏住下半身[58]

我站在那裏太矮墩墩的，她們看不見？當然我不會也沒想到她們已經得罪了主人，不見得再去得個帶壞人家小女孩的罪名。僵持了許久，席干上了菜，過來看見了我，著惱地說聲「唉噯×！」忙牽著我的手送上樓去。[59]

「說是不要他們叫她，」次日席干低聲告訴何干張干，罕皇地，彷彿聞所未聞。不要我們叫她姨娘或是有任何稱呼，我父親吩咐。

我們終於沒引見過，但是她常叫人帶我下樓來玩。她有時帶我出去吃西點宵夜，她自己只啜著檸檬紅茶，在豪華的起士林展示她自己，遊目四顧看有沒有熟人，也沒人上前招呼。

她從來不找我弟弟，免得說勾引男孩，無論多麼小。也許也是出於妒忌，她自己生不出一個繼承人。

我到門房去畫小人總經過樓下穿堂，常看見她父親站在她房門外一隻櫥櫃前挖鴉片烟斗裏的烟灰，去拿來過癮。一個高大的老人穿著淡灰洋布大褂，方肩膀扛得高，灰白色的大獅子臉，我也看見她一個人斜簽著身子坐在大理石心的紅木彫花獨腳桌前吃飯。我父親大概躺在烟榻上已要吃過了。

「就吃點鹹菜下飯，」席干告訴同事們。

「她們堂子裏都是這樣，要等席散了才吃，也就吃點醃菜焓菜，」毛娘說。顯然中國傳統的妖姬的第一戒就是不給男人看見她們也有食慾。

除了席干有時候替他們打掃房間，樓下並不要女傭伺候[60]。她們樂得清閒，等於放長假。

「下雨嘍，何奶奶！」席干帶笑高叫，往樓頂上跑，何干張干跟笑著跟上天台去搶收衣服竹竿。

刮起風來天變成黃色。關著窗，桌上還是厚厚一層黃沙，她們一面擦一面笑。

下雨雷聲隆隆，她們說：「雷神拖牌桌子了。」

男傭房間裏常常有牌局。何干帶著我站在房門口，史爺一面打麻將一面問：「大姐，今天誰贏啊？」他們合肥人還是《金瓶梅》時代的稱呼，主人的女兒闔家上下都稱大姐。

一般都相信小孩說的話往往應驗。

何干教我說「都贏。」

「都贏，那誰輸啊？」

「說『桌子板凳輸』。」61

「桌子板凳輸。」

牌桌上的人都笑了。內中有燒烟的胡宏，一個橘皮臉的矮子。

「胡爺戒賭，斬掉一截手指，」廚子取笑他。

胡宏訕訕地笑著不作聲。我扳著他的手指看過。用刀斬斷了第四隻手指，剩下的一截尖端平滑，青白色。

史爺下鄉收租去了，好久才回來。何干帶著我站在男傭住的小屋門口，打聽家鄉近況。

「鄉下就是亂，」史爺坐在方桌旁說。「現在就是亂。鬧土匪。」

他語焉不詳，慢吞吞半天說一句話，她迫切地等著，一字不漏地聽著，不時應著「哦，哦。」62

我覺得他們都是正直的人，好心沒好報。一席話終，史爺沉默了下來，絕對再等也沒下文了之後，我突然說：「等我大了給史爺買皮袍子。」

他十分意外，顯然認真地高興起來。何干便笑道：「我呢？我沒有啊？」

「給何干買皮袄，」我說。

她向史爺半眨了眨眼，輕聲笑道：「大姐好，」彷彿告訴他一件秘密似的。他們合肥人還是《金瓶梅》時代的稱呼，闔家上下都稱西門慶的女兒為「大姐」。[63]

老八又通知何干帶我下去玩。照例總是我父親不在家的時候。裁縫來了，她叫他替我度身，買了一大捲絲絨衣料，夠她和我各做一套一式一樣的裙袄。

站在紅木彫花大穿衣鏡前，我胖，裁縫摸來摸去找不到腰身。老八不耐煩地走上來用力一把捏住我腋下的衣服，說「咳！」裁縫也只得把這地方算腰。

他走了。老八抱著我坐在膝上笑道：「你嬸嬸給你做衣裳總是零頭料子，我給你買整疋的新料子。喜歡我還是喜歡你嬸嬸？」

其實我一直佩服我母親用零頭碎腦的綢布拼湊成童裝，像給洋娃娃做衣服一樣；俄延片刻方〔答〕：「喜歡你。」似乎任何別的回答都沒禮貌。但是一句話才出口，彷彿就有根細長的葉莖管子往上長，扶搖直上，上造天聽。又像是破曉時分一聲微弱的雞啼，在遙遠的地平線上，裊裊上升。後來我在教會學校裏讀到耶穌在最後的晚餐桌上告訴門徒猶太曰：「在雞鳴前你會背叛我三次，」總是想到我那句答話。[64]

老八也只笑了笑，便放我下地。衣服做了來，是新興的齊腰短袄，腰闊不開叉。窄袖及時，長裙拖地，較近意大利仿製的西部片中的簡化世紀末女裝。老八生活時裝模特兒的身材，細腰沒肋骨，穿著道一色冷灰的雪青絲絨衣裙，越顯娉婷。那天我父親又不在家，她帶我出去，沒叫何干跟去。何干識趣，寒冬皓月，也並沒說給我夾袄上加件棉袍，免得破壞了老八苦心經營的形象。

老八抱著我坐在人力車上，笑道：「冷吧？」用她的黑絲絨斗篷包著我。我可以覺到她的嬌弱，也聞得見她的香水味中攙雜的一絲陳舊的鴉片烟味與不大洗澡的氣味。

人力車拉近一條長巷，停在一個雙扇朱紅門前，門頭上一丸白色圓燈上一個紅字是主人的姓。她揿了鈴半天沒人去開門，便從銀絲手提袋中取出一大疊鈔票來點數，也許是覺得被怠慢了，存心擺闊。強烈的門燈當頭照射下，兩旁都是一色灰白水泥長牆一直伸展到黑暗中，空蕩蕩的人踪全無。人力車已經走了。她手裏那捆鈔票有一塊磚頭大小。史爺收租帶回來的原捆未動。[65]

〔內容有缺〕

她們走的那天是怎樣出門上車上船的，我根本不知道，大概是被女傭們圈在樓上起坐間裏玩，免得萬一哭鬧滋事。其實根本不覺得有什麼分別——一直不大在跟前。

女傭們絕口不提，除了毛娘，我外婆家從前的總管的媳婦。總管的兒子柏崇文自幼在書房伴讀。我母親出嫁，外婆就派他跟著陪嫁過來，好有個廉價的記室。娶了親便也寄住在我們家，幫忙做點雜事。雖然過了門好幾年了，在女傭們口中依舊是「崇文新娘子」。太累贅，我小時候說不上來，她稱我們「毛哥」「毛姐」，我就叫她「毛娘，」就叫開了。她生過傷寒症，頭髮掉了再長出來，有點鬈曲，梳了頭也還不低伏點。雲髮蓬鬆，紅撲撲的小鵝黃臉，身材適中，不慣北方寒冷，總把兩隻手抄在鼠灰線呢棉袄襟下。

「嬸嬸姑姑到外國去嘍！」她常常走來走去都唱唸著。……

多年後我有一次跟我姑姑提起她來，我姑姑笑道：「那毛娘——嘰哩喳啦的！」

我母親嫁妝裏借下的男童女童衣服從嬰兒到十歲，但是我穿到五六歲早就成了老古董，穿不出去了，只能家常穿。大紅大綠的背心與短袄，深紫薄綢夾袄，我每天配搭著穿。毛娘便唱誦：「紅配綠，看不足。紅配紫，一泡屎。」

我偏喜歡紫袄上加大紅背心，顏色濃得化不開。讓她唱去。

她略識些字。一肚子的孟麗君女扮男裝中狀元，所以總是唸叨著「嬸嬸姑姑到外國去嘍！」她也會講許多故事與朱洪武馬娘娘的軼事。她是南京人，就是她告訴我二大爺張人駿坐籠筐縋下城牆，逃出南京圍城的事。提起紫金山秦淮河與下關都是美麗親切的，雖然我後來有點疑心下關是個貧民窟。她還講南京附近沿海的巖洞有時候「出蛟」，非常恐怖。

「蛟是什麼樣的？」我問。

「好大。……」似是瀕於絕種的遠古的生物，挾著風雨巨浪一齊來的，難怪古文裏蛟龍兼稱。在我印象中是一種兩棲動物，介於大墨魚與放大的蝸牛之間，沒有頭與觸鬚，僅只有一大捲肌肉中嵌一隻獨眼。我後來有一次看到報刊上說「蛟」就是鯊魚，怎麼也不能相信。中國人會把鯊魚神化到這種變成後山洞裏出海的怪物？

南京有時候有人帶鹹板鴨來，也不知是我們的親戚還是崇文的。家裏就兩個小孩，我父親住在小公館裏。我們吃飯仍舊按照我母親規定的菜單，南京板鴨太鹹，至多嚐一口，都是給女傭吃。她們在下房裏擺張飯桌，互相讓著吃板鴨，都笑翠鈴喜歡吃鴨屁股。翠鈴微笑著不作聲，我在旁邊看見她面色凝重，知道她是因為沒人要吃鴨屁股，她年紀最小，地位最低。她是丫頭，只有她是女奴不是僱傭。而且鴨屁股肥嫩，也很好吃。[66]

三層樓上沒人住，堆箱子。樓梯口有一隻裝書的大籐籃攔腰綁著一根皮帶，書太多了蓋不嚴，我可以伸進手去，一次抽出一本《紅玫瑰》或《半月》，「鴛蝴派」流行小說雜誌。封底永遠是一張唐繼堯的照片，不知是軍閥還是已經是黨國元老。封底背面永遠是治白帶唐拾義烏雞白鳳丸廣告，唐拾義唐紹儀是否一家人，我久久感到困惑。籐籃上面牆上掛著我母親拍的照片，她自己著色的，穿著簡單的淡綠衣裙，低著頭站在荒草斜陽中若有所思。配了鏡框，玻璃上的反光淡化一切。

「那是誰呀？」翠鈴問我。

「是嬸嬸，」我不經意地拋出一句答案。她那口吻有點可憎，就彷彿我倒已經忘了，不認識了。

「噯。嬸嬸姑姑到外國去嘍！」翠鈴說。只有她和毛娘這兩個年青的女子相信我母親去得成，感到快心。照片改掛到三樓，人迹不到的地方，大概是怕姨奶奶搬進來之後，看見了會糟踐毀壞。也許沒等姨奶奶進宅，怕我父親回來看見了生氣。

男傭對小公館比較熟悉，背後都叫姨奶奶「老八」，她在堂子裏排行第八。

女傭們便也跟著叫老八。她還有個父親跟她住。

「也不知是不是真是她父親，」毛娘說。便都叫他老烏龜。

我父親為了節省開銷，回掉了小公館的房子。搬回來住樓下兩間相連的房間，自成一家。進宅那天賀新居請客，都是她的小姐妹們，破例上桌吃飯，不像吃花酒只坐在客人身後。那天只有粗做女傭席干在樓下幫忙，很緊張，沒見過這等場面。我乘亂裏躲在客廳飯廳之間的穹門邊簾幕下，略帶灰塵味，她們終於從穿堂對過的房間裏過來了。一行人都梳著橫S髻，額前稀稀飄著幾根劉海，薄施脂粉，大都是密合色短袄，不長不短的鐵灰軟緞裙下緣鑲兩道同色闊花邊，花邊遍灑黑圓筒珠。面貌也都極平常，跟我們親戚女眷沒什麼分別。老八一路招呼著她們，還是她鶴立雞群，原比她們高。就連她繫上裙子也沒那次我在小公館看見她那麼妖冶。她先招待著她們從客廳走進飯廳。隔了一會，男賓也跟了進去。兩扇沉重的烏木拉門拉上了，只隱隱聽見我父親笑語聲。我這才注意到客廳裏還有兩個十五六歲的女孩子相偎相依坐在同一張沙發椅上……牽上樓去。

樓下除了一個燒烟的男傭胡宏，只席干進去打掃。

「說是不要他們叫她，」席干……罪惡感。

我們反正還是整天在樓上那間房裏玩。兩個窗戶之間……（冬火罐）

「嬸嬸姑姑寄來給你們玩的，」……（鼻血）

編註：〈愛憎表〉為張愛玲未完成的遺作，內容至此戛然而止。

〔信封草稿節錄〕

1.自從姨奶奶搬了進來，我們家成了淫窟。不但妞大姐姐從此絕迹，連她兄弟們二十歲以上的都不便來了。只有最小的一個游大姪姪有時候還來。××上午，×他們樓下還沒起床。

除了妞大姐姐兩個有特徵的，胖大姪姪與游大姪姪。後者還像他祖父張人駿一樣留著髮辮沒剪，不知是忠於清室，還是僅只是向他祖父示愛，也許是混合著同情憐憫的憐愛。

他大概有十七八歲，個子相當高，長長的一張小白臉，比兄姐都漂亮，卻拖著一條油鬆大辮，到處被目為怪人，確實需要勇氣，尤其在他這年齡。我母親與姑姑在家的時候提起來都帶著輕微的笑聲，但是也不當作笑話講。她們走了他盡職地來看我弟弟和我，一會就走了，根本沒坐下，在我們那間充滿了陽光的起坐間裏站著翻閱一本紅線條格的藍布面賬簿，我從門房裏拿上來寫小說的。第一句「話說隋末唐初時候，」寫到半頁就寫不下去了。

「喝！寫起隋唐演義來了！」游大姪姪說。

我留神不看他背後。 67

2.自從姨奶奶搬了進來，我們家成了淫窟。不但妞大姐姐從此絕迹，連她弟兄們過了二十歲以上的都不便來了。只有一個最小的游大姪姪有時候來。總是揀上午，乘樓下他們還沒起床。除了妞大姐姐還有個和大姐姐是稱名字的，此外還有兩個有特徵的胖大姪姪與游大姪姪。後者還像他祖父張人駿留著髮辮沒剪，也不知是忠於清室，還是僅只是向他祖父示愛，也許是敬仰中混合著憐憫同情的憐愛。他大概有十七八歲，個子相當高，長長的一張小白臉，比兄姐都漂亮，長袍背後卻拖著一條大辮子，還不像遺老們盤在頭頂上，再戴著瓜皮帽，看不出來。這樣招搖過市，到處被目為怪人，確實需要勇氣，尤其在他這年齡。我母親姑姑在家的時候提起他總帶著輕微的笑聲，但是也不當作笑話講。她們走了他盡職地來看我弟弟和我，沒多逗留，根本沒坐下，在我們那充滿了陽光的起坐間裏站著翻閱厚厚一本紅線行格藍布面的空白賬簿，我拿上樓來寫小說的。第一句「話說隋末唐初時候，」以下不到小半頁就寫不下去了。

「喝！寫起隋唐演義了！」

我微笑，留神不看他的辮子。

3.我不肯吃蔬菜，勸我吃的何干××哄道：「鄉下霞子可憐嘔……沒得吃嘔！」「霞子」不知是「孩子」還是「芽子」。[68]

又道：「有時候我打個雞蛋，多加水，蒸碗雞蛋騙騙霞子們。」

「鄉下苦嘔！真是沒得吃，實在沒辦法了，去跟我大伯借升豆子××××說了半天，一面聽眼淚直往下掉。」[69]

××××我父親我姑姑都笑她是「養媳婦，膽子小。」[70]她自己從來不提做童養媳的事，只說她守了寡撫養兩個孩子的事，顯然覺得寡母的尊嚴洗掉了家裏窮得不得不送她去做童養媳的羞恥。

我要她講故事，她肚子裏有限的幾個故事已經聽過無數次了，就要她講鄉下。

編註：此節內容為張愛玲記錄於信封上的草稿節錄。

〔附1：第三部分大綱〕

Toys, game。畫小人[71]。棉袍。麥芽糖。爐，火罐。赤兔馬下火，門扇。

籐籃書，二唐。西山。「這是誰？」翠，毛，fexxxxxx。孟麗君，下關，蛟。全Nanking[72]，「張……」小腳追。Proud of 腳。Lunch張。

Lunch何干。養媳，但……bxxxx，「大姐。」遊××。「霞子。」大姐。羨遊。席老鬼。浴．Wondering苦命。

「何奶奶，下雨……」雷。瓦上霜。風。長假。夏夜。火。大羅天。何。不省衣料。

妾入。Housewarming，獨食。

門房麻將。

史下鄉回。「皮袍」。

妾賭[73]。衣–this demand紅、學。

賜符。辯。（淫窟）妾上樓，弟病[74]。

何還鄉。蔴餅。

天哥。師來。紫綠光，首陽山[75]。亭，蛋。No peeping tom。

板鴨。花紅。新房子[76]。拜年。

(×俱樂部。)左字，郎中。課子[77]。高發——怪胎。胡宏。

師去。Back to天井，換季。父bandaged。八爺。姑姑老怨，Never thought why junk皆帶去。崇文信[78]。回×，危。

張先生。End of era。

滬，父溫馴。針藥瓶。舅字，妾。伯壽，鄉氣衣。「舅妾蝦。」兜風——閻瑞生。[79]

母歸夜。[80]

新屋，牆。狂喜。[81]（Even父毒）芹，便宜貨。Vacation.「My ×××」「I only have....」

佈置，紅藍。「喜大姐二姐？」[82]

Xmas (dumb waiter) 崇買書。小說日報。Greek Myth. Cinderella shoes.「喜姑姑嬸嬸？」——「一人不喜即......」only criticism, &「告film plot,」×

父，七，傘[83]。Love sc.。Metier——晚年喜英stage, never would consider anyway.

暑假二月hosp.，then照光[84]。黃氏。父去。母姑visit××。

父戒癮。返，hosp. bill。吵。New apt. opp. 逸園。警戒divorce。父匿舅衖——奇。[85]

校last visit。「心狠，」ship送行，舅家掩護。新年買梅。抽換書。

仿疑淚。

父婚，姑×情死。站椅上看。「老氣，」loyal。入車俐落。「燙死你。」姑賣力，謊。

母歸妒。

翠訴，我訴。髮橫雲[86]。

孫小姐。父"Gold-digger." ∴填Ed VIII。

〔附2：第三、四部分內容概覽〕

愛憎表[87]

一貫「語不驚人死人休」，Edward VIII亦太……in XXXX。但卻清晰如昨。母re王子。（& Gary）。

喜旅行，傾囊遠遊，形貌近似。〔瘦削，×而有風韻。〕[88]離婚被歧視[89]。歐less than Chinese（活人妻），但英王室仍……宮廷震動。時尚未退位，但僵持中。母顯然quite滿足，avenged。我亦痛快。

半世紀後，great romance tarnished。當時已顯「承恩不在貌」。英政界loyal自律，悉suppressed。爭待遇。對她尊稱，不漂亮。親Hitler。幾被擄作傀儡。Bahamas寃獄。懼內——她挑眼擒微。Expl...her hold over him，愛特權。他風流，但皆有夫之婦（avoid marriage rich）∴美社交界名美人，美國女less obsequious more experienced.

但當時不知。純快心，崇敬。填此項時，躊躇，終悍然。

喜吃炒飯卻完全inexplicable。

張人駿。「新房子。」（自豪tho’主皆scandalized）尚小雲，∴四大。烟台出美人與果。大姨太。（愕叱——趙姨，環）老太「坐帳」，問。內線，知……逐，迫打。遣妾。∴母stipulated返滬。否則離不成。

返滬船上，紅燒肉。（∴阿英）解禁，但炒飯junk food快餐。Only火車上。Then back for HK∴「地氣。」炒飯。逍遙法外for母rule。草爐。鴿——不是味。[90] 37省未吃苦。二，填——bravado?∴×。

編註：此節內容極為散亂，推斷為張愛玲寫作時的筆記。馮晞乾先生將可辨認的字跡都整理出來，作為文本保存。

1．張愛玲《小團圓》，台北皇冠，二〇二〇，第八五頁（以下註釋凡引用《小團圓》的，皆根據這個版本，不再說明）：

（蕊秋）又道：「小林啊！你大了想做什麼事？姐姐想做鋼琴家，你呢？你想做什麼？唔？」

「我想學開車，」九林低聲說。

「你想做汽車夫？」

他不作聲。

「想做汽車夫還是開火車的？」

「開火車的，」他終於說。

2．同上，第二八頁：亨利嬤嬤陪著在食堂外倚著鐵闌干談話，原來是她母親。九莉笑著上前低聲叫了聲二嬸。幸而亨利嬤嬤聽不懂，不然更覺得他們這些人古怪。她因為伯父沒有女兒，口頭上算是過繼給大房，所以叫二叔二嬸，從小覺得瀟洒大方，連她弟弟背後也跟著叫二叔二嬸，她又跟著他稱伯父母為大爺大媽，不叫爸爸媽媽。

3．張子靜《我的姊姊張愛玲》，台北時報文化，一九九六，第五一頁：「母親生下我姊姊，小名小瑛。次年，母親生下我，小名小魁。」

4．《葡萄仙子》，黎錦暉一九二二年所作的獨幕歌劇，一九二七年上海首演。全劇共八場，講述一位渴望長大的葡萄仙子的故事。

5．宋以朗編《張愛玲私語錄》，台北皇冠，二〇一〇，第一〇二頁：「幼時，每日傍晚跳自由舞，口唱：『又一天過去了，離死又近一天。』」一九七六年一月廿五日張愛玲致鄺文美書：「我小時候因為我母親老是說老、死，我總是在黃昏一個人在花園裏跳自由式的舞，唱『一天又過去了，離墳墓又近一天了。』在港大有個同宿舍的中國女生很活潑，跟我同年十八歲，有一天山上春暖花香，她忽然悟出人世無常，難受得天地變色起來。對我說，我笑著說『是這樣的，我早已經過了。』其實過早induced〔歸納〕的是第二手，遠不及到時候自己發現的強烈深刻，所以我對老死比較麻木，像打過防疫針。」

6.《小團圓》，第二〇九頁：她（余媽）有時候講些陰司地獄的事，九莉覺得是個大地窖，就像大羅天遊藝場樓梯上的灰色水門汀牆壁，不過設在地下層，分門別類，陰山刀山火焰山，孽鏡望鄉台，投生的大輪子高入半空。當然九莉去了不過轉個圈子看看，不會受刑。她為什麼要做壞事？但是她也不要太好了，跳出輪迴上天去，玉皇大帝親自下階迎接。她要無窮無盡一次次投胎，過各種各樣的生活，總也有時候是美貌闊氣的。

7.同上，第二〇九頁：但是無論怎麼樣想相信，總是不信，因為太稱心了，正是人心裏想要的，所以像是造出來的話。不像後來進了教會學校，他們的天堂是永遠在雲端裏彈豎琴唱讚美詩——做禮拜做得還不夠？每天早上半小時，晚上還有同學來死拉活扯，拖人去聽學生講道，去一趟，肯代補課一次。

8．同上，第一五一頁：早晨看護進來，低聲道：「隔壁也是傷寒症，死了。才十七歲，」說著臉上慘然。

9．張愛玲在某個信封上曾寫：「那澄淨而又沉重的灰色，死海應當是這樣的，或是離太陽最遠的星球上的天光。那奇異的灰色的光淹沒了這小房間，擴大了它，使人不知身在何所，也許是深海底。」似乎跟上文的一段有關。

10．《小團圓》，第九一頁：九莉現在畫小人，畫中唯一的成人永遠像蕊秋，纖瘦、尖臉，鉛筆畫的八字眉，眼睛像地平線上的太陽，射出的光芒是睫毛。

11．張愛玲《華麗緣．童言無忌》，台北皇冠，二〇二〇，第一三一頁（以下註釋凡引用《華麗緣》的，皆根據這個版本，不再說明）：一同玩的時候，總是我出主意。我們是「金家莊」上能征慣戰的兩員驍將，我叫月紅，他叫杏紅，我使一口寶劍，他使兩隻銅鎚，還有許許多多虛擬的夥伴。

12．「馬指蓋」，又稱「馬子蓋」，即馬桶蓋。

13．《華麗緣．天才夢》，第八頁：八歲那年，我嘗試過一篇類似烏托邦的小說，題名快樂村。快樂村人是一好戰的高原民族，因克服苗人有功，蒙中國皇帝特許，免徵賦稅，並予自治權。所以快樂村是一個與外界隔絕的大家庭，自耕自織，保存著部落時代的活潑文化。

14．《小團圓》，第二二〇頁：從外國寄玩具來，洋娃娃，砲兵堡壘，真能燒煮的小酒精鋼灶，一隻藍白相間波浪形圖案絲絨鬈毛大圓球，不知道作什麼用，她叫它「老虎蛋」。放翻桌椅搭成汽車，與九林開汽車去征蠻，中途埋鍋造飯，煮老虎蛋吃。

15.《華麗緣．私語》，第一四五頁：天井的一角架著個青石砧，有個通文墨，胸懷大志的男底下人時常用毛筆蘸了水在那上面練習寫大字。這人瘦小清秀，講三國志演義給我聽，我喜歡他，替他取了一個莫名其妙的名字叫「毛物」。毛物的兩個弟弟就叫「二毛物」「三毛物」。毛物的妻叫「毛物新娘子」，簡稱「毛娘」。毛娘生著紅撲撲的鵝蛋臉，水眼睛，一肚子「孟麗君女扮男裝中狀元」，是非常可愛的然而心計很深的女人，疤丫丫後來嫁了三毛物，很受毛娘的欺負。

16.《小團圓》，第二〇六頁：

她按照蕊秋立下的規矩，每天和余媽帶他們到公園去一趟，冬天也光著一截子腿，穿著不到膝蓋的羊毛襪。一進園門，蒼黃的草地起伏展開在面前，九莉大叫一聲，狂奔起來，畢直跑，把廣原一切切成兩半。後面隱隱聽見九林也在叫喊，也跟著跑。

「毛哥啊！快不要跑，跌得一塌平陽！」余媽像鸚哥一樣銳叫著，也邁動一雙小腳追趕上來，跑得東倒西歪。不到一兩年前，九林還有腳軟病，容易跌跤，上公園總是用一條大紅闊帶子當胸絆住，兩端握在余媽手裏，像放狗一樣，十分引人矚目。他嫌她小腳走得太慢，整個的人仆向前面，拼命往前掙，胸前紅帶子上的一張臉像要哭出來。

17.《華麗緣．私語》，第一四五頁：領我弟弟的女傭喚做「張干」，裹著小腳，伶俐要強，處處佔先。領我的「何干」，因為帶的是個女孩子，自覺心虛，凡事都讓著她。我不能忍耐她的重男輕女的論調，常常和她爭起來，她就說：「你這個脾氣只好住獨家村！希望你將來嫁得遠遠的——弟弟也不要你回來！」她能夠從抓筷子的手指的地位上預卜我將來的命運，說：「筷子抓得近，嫁得遠。」我連忙把手指移到筷子的上端去，說：「抓得遠呢？」她道：「抓得遠當然嫁得遠。」氣得我說不出話來。張干使我很早地想到男女平等的問題，我要銳意圖強，務必要勝過我弟弟。

18.《小團圓》，第二一二頁：「『周召共和』就是像現在韓媽余媽管家，」九莉想。

19.同上，第二〇九頁：余媽識字。只有她用不著寄錢回去養家，因此零用錢多些，有一天在舊書担子上買了本寶卷，晚飯後唸給大家聽。黯淡的電燈下，飯後發出油光的一張張的臉都聽呆了，似懂非懂而又虔誠。最是「今朝脫了鞋和襪，怎知明朝穿不穿」這兩句，余媽反覆唸了幾遍，幾個老年人都十分感動。

20.《華麗緣．私語》，第一四六頁：有一次張干買了個柿子放在抽屜裏，因為太生了，先收在那裏。隔兩天我就去開抽屜看看，漸漸疑心張干是否忘了它的存在，然而不能問她，由於一種奇異的自尊心。日子久了，柿子爛成一泡水。我十分惋惜，所以至今還記得。

21.《小團圓》，第二一八頁：「到上海去嘍！到上海去嘍！」碧桃漫聲唱唸著。

22.同上，第二一八頁：

碧桃搭訕著笑道：「余大媽走了，等毛哥娶親再來，」自己也覺得說得不像，有點心虛似的。也沒有人接口。

白牛皮箱網籃行李捲都堆在房間中央。九莉忽然哭了，因為發現無論什麼事都有完的時候。「還是毛姐好，」碧桃說。「又不是帶她的，還哭得這樣。」

余媽不作聲，只顧忙她的行李。九林站在一邊，更一語不發。

樓下報說黃包車叫來了。余媽方才走來說道：「毛姐我走了。毛哥比你小，你要照應他。毛哥我走了。以後韓媽帶你了，你要聽話，自己知道當心。」

九林不作聲，也不朝她看。打雜的上樓來幫著拿行李，韓媽碧桃等送她下樓，一片告別聲。

此後九莉總覺得他是余媽托孤托給她們的，覺得對不起她。韓媽也許也有同感。

23．同上，第二〇八頁：

冬天把一罐麥芽糖擱在火爐蓋上，裏面站著一雙毛竹筷子。凍結的麥芽糖溶化得奇慢，等得人急死了。終於到了一個時候，韓媽絞了一團在那雙筷子上，她仰著頭張著嘴等著，那棕色的膠質映著日光像隻金蛇一扭一扭，彷彿也下來得很慢。

麥芽糖的小黑磁罐子，女傭們留著「拔火罐」。她們無論什麼病都是團皺了報紙在罐子裏燒，倒扣在赤裸的有雀斑的肩背上。

24．同上，第一一九頁：十二歲那年有一次跟九莉去看電影，有家裏汽車接送，就是他們倆，散場到惠爾康去吃冰淇淋，他就點啤酒。

25．同上，第二九四頁：蕊秋戰後那次回來，沒懲治她給她舅舅家出口氣，卞家也感到失望，沒從前那麼親熱。幾個姑奶奶們本來崇拜蕊秋，將這姑媽視為灰姑娘的仙子教母，見她變了個人，心也冷了，不過盡職而已。

26．傅雷，傅聰，這兒的位置倒轉了，是張愛玲的筆誤。

27．《小團圓》，第八三頁：

「小林你的眼睫毛借給我好不好？」楚娣說。「我明天要出去，借給我一天就還你。」

他不作聲。

「肯不肯，呃？這樣小器，借給我一天都不肯？」

28．《小團圓》，第七二頁：她好容易笑著送走了他，回到樓上去，想起小時候有一次發現她的一張水彩畫上有人用鉛筆打了個橫槓子，力透紙背，知道是她弟弟，那心悸的一剎那。

29．這段對話在下文疑有重複，只能依照手稿抄錄。

《小團圓》，第八九頁：

蕊秋楚娣剛回來的時候，竺大太太也問：

「喜歡二嬸還是三姑？」
「都喜歡。」
「都喜歡不算。兩個裏頭最喜歡哪個？」
「我去想想。」
「好，你去想吧。」
30.《小團圓》，第二二〇至二二一頁：
「記不記得二嬸三姑啊？」碧桃總是漫聲唱唸著。
「這是誰呀？」碧桃給她看一張蕊秋自己著色的大照片。
「二嬸，」只看了一眼，不經意的說。
「二嬸三姑到哪去啦？」
「到外國去了。」
像祈禱文的對答一樣的慣例。
31.《小團圓》，第九一頁：永遠「二嬸三姑」一口氣說，二位一體。
32.《小團圓》，第九二頁：
表大媽來得最勤。她胖，戴著金絲眼鏡，頭髮剪得很短。蕊秋給大家取個別號，揀字形與臉型相像的：竺大太太是瓜瓜，竺二太太是豆豆，她自己是青青，楚娣是四四。

「小莉老實，」竺大太太常說。「忠厚。」

「『忠厚乃無用之別名，』知道不知道？」蕊秋向九莉說。

33.《小團圓》，第四〇頁：「想想從前那時候真是——！你外公是在雲南任上不在的，才二十四歲，是雲南的瘴氣。報信報到家裏，外婆跟大姨太二姨太坐在高椅子上綉花，連椅子栽倒了，昏了過去。三個人裏只有二姨太有喜，」她一直稱她生母為二姨太。

34.《閱微草堂筆記》：膠州法南野，飄泊長安，窮愁頗甚，一日，于李符千御史座上言，曾于灤口旅舍見二詩，其一曰：流落江湖十四春，徐娘半老尚風塵，西樓一枕鴛鴦夢，明月窺窗也笑人。其二曰：含情不忍訴琵琶，幾度低頭掠鬢鴉，多謝西川貴公子，肯持紅燭賞殘花。不署年月姓名，不知誰作也。余曰：此君自寓坎坷耳，然五十六字足抵一篇琵琶行矣。

35.《小團圓》，第一一四至一一五頁：與大房打官司拖延得日子久了，費用太大，翠華便出面調解，勸楚娣道：「你們才兄弟三個，我們家兄弟姐妹二三十個，都和和氣氣的。」她同母的幾個都常到盛家來住。她母親是個老姨太，隨即帶了兩個最小的弟妹長住了下來。九莉他們叫她好婆。

36.《小團圓》，第四〇至四一頁：「這些本家不信，要分絕戶的家產，要驗身子——哪敢讓他們驗？鬧得天翻地覆，說是假的，要趕她們出去，要放火燒房子。有些都是湘軍，從前跟老太爺的。

等到月份快到了，圍住房子，把守著前後門，進進出出都要查，房頂上都有人看著。生下來是個女的，是凌嫂子拎著個籃子出去，有山東下來逃荒的，買了個男孩子，裝在籃子裏帶進來，算是雙胞胎。凌嫂子都嚇死了，進門的時候要是哭起來，那還不馬上抓住她打死了？所以外婆不在的時候丟下話，要對凌嫂子另眼看待，養她一輩子。你舅舅倒是這一點還好，一直對她不錯。」

37.《小團圓》，第一三八頁：

「還缺一隻椅子，」她說。

九莉到別的房間去找，但是椅子已經全搬去了。唯一的可能是一張小沙發椅，躊躇了一下，只好把它推出去，偏又擱在個小地毯上，澀滯異常，先推不動，然後差點帶倒了一隻站燈。她來了以後遇到勞作總是馬上動手，表示她能適應環境。本來連劃火柴都不會，在學校做化學實驗無法點酒精燈，美國女教師走來問知代劃，一臉鄙夷的神色。

在家裏總有女傭慌忙攔阻：「我來我來！」怕她闖禍失火。

「下家的小姐們自己到街堂口小店去買東西！」從前李媽輕聲說，彷彿是醜事。

38.汪宏聲還提到姐姐曾經寫過兩首打油詩。第一首：

鵝黃眼鏡翠藍袍，一步擺來一步搖。

師母裁來衣料省，領頭只有半寸高。

39.《小團圓》，第二〇九至二一〇頁：她有時候講些陰司地獄的事，九莉覺得是個大地窖，就像大羅天遊藝場樓梯上的灰色水門汀牆壁，不過設在地下層，分門別類，陰山刀山火焰山，孽鏡望鄉台，投生的大輪子高入半空。當然九莉去了不過轉個圈子看看，不會受刑。她為什麼要做壞事？但是她也不要太好了，跳出輪迴上天去，玉皇大帝親自下階迎接。她要無窮無盡一次次投胎，過各種各樣的生活，總也有時候是美貌闊氣的。但是無論怎麼樣想相信，總是不信，因為太稱心了，正是人心裏想要的，所以像是造出來的話。不像後來進了教會學校，他們的天堂是永遠在雲端裏彈豎琴唱讚美詩──做禮拜做得還不夠？每天早上半小時，晚上還有同學來死拉活扯，拖人去聽學生講道，去一趟，肯代補課一次。星期日上午做禮拜三小時，唯一的調劑是美國牧師的強蘇白，笑得人眼淚出而不敢出聲，每隔兩排有個女教職員監視。她望著禮拜堂中世紀箭樓式小窄窗戶外的藍天，總覺得關在裏面是犯罪。有時候主教來主持，本來是山東傳教師，學的一口山東話，也笑得人眼淚往肚子裏流。

40.《小團圓》，第二九〇頁：「她完全誤會了，」九莉想，心裏在叫喊：「我從來不裁判任何人，怎麼會裁判起二嬸來？」但是怎麼告訴她她不相信這些？她十五六歲的時候看完了蕭伯納所有的劇本自序，儘管後來發現他有些地方非常幼稚可笑，至少受他的影響，思想上沒有聖牛這樣東西。──正好一開口就給反咬一口：「好！你不在乎？」

41.《小團圓》，第一一二至一一三頁：

乃德一時高興，在九莉的一把團扇上題字，稱她為「孟媛」。她有個男性化的學名，很喜歡「孟媛」的女性氣息，完全沒想到「孟媛」表示底下還有女兒。一般人只有一個兒子覺得有點「懸」，女兒有一個也就夠了，但是乃德顯然預備多生幾個子女，不然怎麼四口人住那麼大的房子。

「二叔給我起了個名字叫孟媛，」她告訴楚娣。

楚娣攢眉笑道：「這名字俗透了。」

九莉笑道：「哦？」

42.《小團圓》，第一二〇頁：翠華在報紙副刊上看到養鵝作為一種家庭企業，想利用這荒蕪的花園養鵝，買了兩隻，但是始終不生小鵝。她與乃德都常站在樓窗前看園子裏兩隻鵝踱來踱去，開始疑心是買了兩隻公的或是兩隻母的。但是兩人都不大提這話，有點忌諱——連鵝都不育？

43.《小團圓》，第一一五頁：

翠華節省家用，辭歇了李媽，說九莉反正不大在家，九林也大了，韓媽帶看著他點，可以兼洗衣服。其實九莉住校也仍舊要她每週去送零食，衣服全都拿回來洗。當時一般女傭每月工資三塊錢，多則五塊。盛家一向給韓媽十塊，因為是老太太手裏的人。現在減成五塊，韓媽仍舊十分巴結，在飯桌前回話，總是從心深處叫聲「太太！」感情滂礴的聲氣。

44．《小團圓》，第一三九頁：住讀必須學琴才准練琴，學了又與原有的教師衝突，一個要手背低，一個要手背凸，白俄女教師氣得對她流淚。校方的老處女錢小姐又含嗔帶笑打她的手背，一掌橫掃過來，下手很重。她終於決定改行畫卡通片。

45．《小團圓》，第一六四頁：她小時候家裏請的老師有一個會畫國畫，教她「只用赭色與花青兩個顏色。」她心裏想「那不是半瞎了嗎？」學了兩天就沒學下去。她對色彩永遠感到飢渴。

46．《小團圓》，第一一七至一一八頁：

明年校刊上要登畢業生的照片，九莉去照了一張，頭髮短齊耳朵，照出來像個小雞。翠華見她自己看了十分懊喪，便笑道：「不燙頭髮都是這樣的呀！你要不要燙頭髮？」

「娘問我要不要燙頭髮，」她告訴楚娣。

楚娣笑道：「你娘還不是想嫁掉你。」

她也有戒心。

47．《半生緣》，台北皇冠，二〇二〇，第三二頁：鴻才給她這樣一來，也就軟化了，他背著手在房間裏踱來踱去，說：「好，好，好，依你依你。沒有什麼別的條件了吧？沒有什麼別的，我們就『敲』！」曼璐噗哧一笑道：「這又不是談生意。」她這一開笑臉，兩人就又喜氣洋洋起來。雖然雙方都懷著幾分委屈的心情，覺得自己是屈就，但無論如何，是喜氣洋洋地。

48．《小團圓》，第一一一頁：她有個同班生會作舊詩，這年詠中秋：「塞外忽傳三省失，江山已缺一輪圓！」國文教師自然密圈密點，舉校傳頌。九莉月假回家，便笑問她父親道：「怎麼還是打不起來？」說著也自心虛。她不過是聽人說的。

49．前文：那時候同學間大家都問畢業了幹什麼，沒升學計劃的就是要嫁人了。

50．《小團圓》，第二〇三頁：「毛姐給我扇子上燙個字，」李媽說。她們每人一把大芭蕉扇，很容易認錯了。用蚊香燙出一個虛點構成的姓，但是一不小心就燒出個洞。

51．《小團圓》，第二〇二至二〇三頁：

月夜她們搬了長板凳出來在後院乘涼。

「余大媽你看這月亮有多大？」

「你看呢？」

「你們這小眼睛看月亮有多大？」韓媽轉問九莉。「有銀角子大？單角子還是雙角子？」

月亮很高很小，霧濛濛的發出青光來。銀角子拿得多遠？拿得近，大些，拿得遠，小些。如果弔在空中弔得那麼高，該多小？九莉腦子裏一片混亂。

「單角子，」碧桃說。「韓大媽你看有多大？」

韓媽很不好意思的笑道：「老嘍，眼睛不行了，看著總有巴豆大。」

「我看也不過雙角子那麼大，」李媽說。

「你小。」

「還小？都老嘍！」笑嘆著又道：「我們這都叫沒辦法，出來幫人家，余大媽家裏有田有地，有房子，這麼大年紀還出來。」

52．《小團圓》，第二〇三頁：北邊有這種「土狗子」，看上去像個小土塊，三四寸長，光溜溜的淡土黃色，式樣像個簡化的肥狗，沒有頸子耳朵尾巴，眼睛是兩個小黑點或是小黑珠子，爬在土地上簡直分不出來，直到牠忽然一溜就不見了，因此總是在眼梢匆匆一瞥，很恐怖。

53．《小團圓》，第二〇三至二〇四頁：

鄧爺在門房裏熄了燈，搬了張椅子坐在門口。

「鄧爺不出來乘涼？裏頭多熱！」韓媽說。

鄧爺在汗衫上加了件白小褂，方才端椅子出來。

碧桃竊笑道：「鄧爺真有規矩，出來還非要穿上小褂子。」

54．《小團圓》，第二〇四頁：前兩年他曾經帶她上街去，坐在他肩頭，看木頭人戲，自掏腰包買冰糖山楂給她吃，買票逛大羅天遊藝場。

55．《小團圓》，第二〇九頁：她有時候講些陰司地獄的事，九莉覺得是個大地窖，就像大羅天遊藝場樓梯上的灰色水門汀牆壁，不過設在地下層，分門別類，陰山刀山火焰山，孽鏡望鄉台，投生的大輪子高入半空。

56．《小團圓》，第二〇四頁：

有一次她聽見女傭們嗤笑著說鄧爺和「新房子」的兩個男僕到堂子裏去。

「什麼堂子？」

「嚇咦！」韓媽低聲嚇噤她，但是也笑了。

57．另見張愛玲殘稿：我父親省錢，回掉了小公館的房子。進宅那天大請客……打扮得很老氣，珠灰或是蜜合色短袄，不長不短的鐵灰裙子下緣鑲幾道同色圓筒形亮珠子。面貌也極平常，薄施脂粉，跟我們親戚家一女眷沒什麼分別，還是老八鶴立雞群，她們原比她矮。

58．殘篇：

壁燈與中央一簇牽牛花形的掛燈點得雪亮，照在暗赤鳳團花的老玫瑰色地毯上，靜悄悄空落落，連隔壁飯廳都沒什麼聲響，只聽見我父親一句半句聲調較高的語聲，他慣常的短促的像是衝口而出的口吻。

等了好久，兩個粉裝玉琢的女孩只低聲跟她們自己說了兩句話，便又默然。

何干下樓來到廚房拿個東西，在樓梯腳下遇見席干，席干告訴她：「這兩個不知道怎麼，說不給……」席干用下頷略指了指客廳，有點恐懼地。
門簾只裹住下身，幾乎完全現身了。難道因為我太矮，她們看不見……

59．《小團圓》，第二一四至二一五頁：

剛搬進來吃暖宅酒，兼請她的小姐妹們，所以她們也上桌，與男客並坐。男女主人分別讓客進餐室，九莉那時候四歲，躲在拉門邊的絲絨門簾裏。那一群女客走過，繫著半長不短的三鑲闊花邊鐵灰皺裥裙，淺色短襖，長得都很平常，跟親戚家的女太太們沒什麼分別。進去之後拉門拉上了，只聽見她父親說話的聲音，因為忽高忽低，彷彿有點氣烘烘的聲口。客室裏只剩下兩個清倌人，身量還沒長足，合坐在一張沙發椅上，都是粉團臉，打扮得一式一樣，水鑽狗牙齒沿邊淡湖色襖袴。她覺得她們非常可愛，漸漸的只把門簾裹在身上，希望她們看見她跟她說話。但是她們就像不看見，只偶然自己兩個人輕聲說句什麼。

赤鳳團花暗粉紅地毯上，火爐燒得很旺。隔壁傳來輕微的碗筷聲笑語聲。她只剩一角絨幕搭在身上，還是不看見她。她終於疑心是不理她。

李媽幫著上菜，遞給打雜的端進去，低聲道：「不知道怎麼，這兩個不讓她們吃飯，也不讓她們走。說是姐妹倆。」因向客室裏張了張，一眼看見九莉，不耐煩的「嘖」了一聲，皺著眉笑著拉著她便走，送上樓去。

60．另見張愛玲殘稿：他們住×××或一家，僱了個短期的男僕。只有席干偶而替他們打雜做點事。女傭們樂得清閒，等於放長假。

61．《小團圓》，第二〇五頁：

韓媽向鄧爺半霎了霎眼睛，輕聲笑道：「大姐好。」

門房裏常常打牌。

「今天誰贏？」他們問她。

樓上女傭們預先教她這樣回答：「都贏。桌子板凳輸。」

62．《小團圓》，第一〇四頁：

男僕鄧升下鄉收租回來，她站在門房門口問：「鄧爺，鄉下現在怎麼樣？」

他們都是同鄉，老太太手裏用的人。田地也在那一帶。

「鄉下鬧土匪。現在土匪多得很。」

「哦……現在人心壞，」她茫然的說。

63．《小團圓》，第二〇四至二〇五頁：

「等我大了給鄧爺買皮袍子，」她說。

「還是大姐好，」他說。九林不作聲。他正在鄧爺的鋪板床上爬來爬去，掀開枕頭看枕下的銅板角子。

「我呢？我沒有？」韓媽站在門口說。

「給韓媽買皮襖，」九莉說。

韓媽向鄧爺半霎了霎眼睛，輕聲笑道：「大姐好。」

64 ．《小團圓》，第二一〇頁：

但是《聖經》是偉大的作品，舊約是史詩，新約是傳記小說，有些神來之筆如耶穌告訴猶大：「你在雞鳴前就要有三次不認我。」她在學校裏讀到這一節，立刻想起她六七歲的時候有一次。

自從她母親走後愛老三就搬進來住。愛月樓老三長挑身材，蒼白的瓜子臉，梳著横愛絲頭，前劉海罩過了眉毛，笑起來眼睛瞇得很細。她叫裁縫來做衣服，給九莉也做一套一式一樣的，雪青絲絨衣裙，最近流行短襖齊腰，不開叉，窄袖齊肘，下面皺襉長裙曳地，圓筒式高領也一清如水，毫無鑲滾，整個是簡化的世紀末西方女裝。愛老三其實是高級時裝模特兒的身段，瘦而沒有脇骨，衣架子比誰都好。

幽暗的大房間裏，西式彫花柚木穿衣鏡立在架子上，向前傾斜著。九莉站在鏡子前面，她胖，裁縫捏來捏去找不到她的腰。愛老三不耐煩的在旁邊揪了一把，道：「喏！高點好了，腰高點有樣子。」

裁縫走了，愛老三抱著她坐在膝上，笑道：「你二嬸給你做衣裳總是舊的改的，我這是整疋的新料子。你喜歡二嬸還是喜歡我？」

「喜歡你。」九莉覺得不這麼說太不禮貌，但是忽然好像頭上開了個煙囱，直通上去。隱隱的雞啼聲中，微明的天上有人聽見了。

65.《小團圓》，第二一一頁：

衣服做來了。愛老三晚上獨自帶九莉出去，坐黃包車。年底風大，車夫把油布篷拉上擋風。愛老三道：「冷不冷？」用斗篷把她也裹在裏面。

在黑暗中，愛老三非常香，非常脆弱。濃香中又夾雜著一絲陳鴉片烟微甜的哈氣。

進了一條長巷，下了黃包車，她們站在兩扇紅油大門前，門燈上有個紅色的「王」字。燈光雪亮，西北風嗚嗚的，吹得地下一塵不染。愛老三揿了鈴，扶起斗篷領子，黑絲絨綻出玫瑰紫絲絨裏子，一朵花似的托住她小巧的頭。她從黑水鑽手袋裏取出一大捲鈔票來點數，有磚頭大，只是雜亂無章。

66.《小團圓》，第二二五頁：她就是不疑心人，就連對她母親的發現之後。這時候聽楚娣猜碧桃做了主人的妾，她很不以為然。她想碧桃在她家這些年，雖然沒吃苦，也沒有稱心如意過。南京來人總帶鹹板鴨來，女傭們笑碧桃愛吃鴨屁股，她不作聲。九莉看見她凝重的臉色，知道她不過是吃別人不要吃的，才說愛吃。只有她年紀最小，又是個丫頭。後來結了婚又被遺棄，經過這些挫折，職業上一旦揚眉吐氣，也許也就滿足了。主人即使對她有好感，也不見得會怎樣。到底這是中國。

67．《小團圓》，第一九六至一九七頁：「我只記得胖大姪姪，辮大姪姪。」因為一個胖，一個年紀青青的還留著大辮子，拖在背上。

68．《小團圓》，第一〇四頁：
九莉小時候跟她弟弟兩個人吃飯，韓媽總是說：「快吃，鄉下霞（孩）子沒得吃呵！」每飯不忘。又道：「鄉下霞子可憐喏！實在吵得沒辦法，舀碗水蒸個雞蛋騙騙霞子們。」
她講「古」，鄉下有一種老秋虎子，白頭髮，紅眼睛，住在樹上，吃霞子們。講到老秋虎子總是於嗤笑中帶點羞意，大概聯想到自己的白頭髮。也有時候說：「老嘍！變老秋虎子了。」似乎老秋虎子是老太婆變的。九莉後來在書上看到日本遠古與愛斯基摩人棄老的風俗，總疑心老秋虎子是被家人遺棄的老婦——男人大都死得早些——有的也許真在樹上棲身，成了似人非人的怪物，吃小孩充飢，因為比別的獵物容易捕捉。

69．《小團圓》，第一〇四頁：「家裏沒得吃，嘚搞呢？去問大伯子借半升豆子，給他說了半天，眼淚往下掉。」

70．《小團圓》，第一〇三至一〇四頁：
「韓媽小時候是養媳婦，所以胆子小，出了點芝麻大的事就嚇死了，」他告訴九莉。楚娣也說過。他們兄妹從小喜歡取笑她是養媳婦。

她自己從來不提做養媳婦的時候，也不提婆婆與丈夫，永遠是她一個寡婦帶著一兒一女過日子，像《舊約聖經》上的寡婦，跟在割麥子的人背後揀拾地下的麥穗。

71．《小團圓》，第九一頁：九莉現在畫小人，畫中唯一的成人永遠像蕊秋，纖瘦、尖臉，鉛筆畫的八字眉，眼睛像地平線上的太陽，射出的光芒是睫毛。

72．《小團圓》，第二〇六頁：余媽因為是陪房，所以男孩子歸她帶。打平太平天國的將領都在南京住了下來，所以下家的傭僕清一色是南京人。

73．《小團圓》，第二一二頁：九莉遠遠的看著這些人賭錢，看不出所以然來，也看不見愛老三。盆栽的棕櫚樹邊，一對男女走過，像影星一樣，女人的西式裙子很短，背後飄著三尺白絲圍巾，男人頭髮亮得像漆皮。聽不見他們說話——是當時的默片。

74．《小團圓》，第二一六頁：

愛老三到三層樓上去翻箱子，經過九林房門口，九林正病著，她也沒問起。

「連頭都不回，」李媽說。

余媽不作聲。

75．《小團圓》，第二一二至二一三頁：

開始講《綱鑑》。

「『周召共和』就是像現在韓媽余媽管家，」九莉想。講到伯夷叔齊餓死在首陽山上，她看見他們兄弟倆在蒼黃的野草裏採野菜吃，不吃周朝的糧食，人家山下的人照樣過日子。她忽然哭了起來。老師沒想到他講得這麼動人，倒有點不好意思起來。但是越哭越傷心，他不免疑心是借此罷課，正了正臉色，不理她，繼續講下去，一面圈點。九林低著頭，抿著小薄嘴唇。她知道他在想：「又在賣弄！」師徒二人坐得近了些，被她吵得聽不見。她這才漸漸住了聲。

76.《小團圓》，第一九九頁：本地的近親只有這兩家堂伯父，另一家闊，在傭人口中只稱為「新房子」。新蓋的一所大洋房，裏外一色乳黃粉牆，一律白漆傢俱，每間房裏燈罩上都垂著一圈碧玻璃珠穗。

77.《小團圓》，第二一三頁：乃德這一向閉門課子，抽查了兩次，嫌他們背得不熟，叫他們讀夜書，晚飯後在餐桌上對坐著，溫習白天上的課，背熟了到對過房裏背給他聽。老師聽見了沒說什麼，但是顯然有點掃了他的面子。

78.《小團圓》，第二一五頁：毓恒經常寫信到國外去報告，這一封蕊秋留著，回國後夾雜在小照片裏，九莉剛巧看見了：「小姐鈞鑒：前稟想已入鈞覽。日前十三爺召職前往，問打針事。職稟云老三現亦打上針，癮甚大。為今之計，莫若釜底抽薪調虎離山，先由十三爺藉故接十六爺前去小住，再行驅逐。十六爺可暫緩去滬，因老三南人，恐跟蹤南下，十六爺懦弱，不能駕馭也。昨職潛入十六爺內室，盜得針藥一枚，交十三爺送去化驗……」

79.《小團圓》，第一三三頁：發高熱，她夢見她父親帶她去兜風，到了郊區車夫開快車，夏夜的涼風吹得十分暢快。街燈越來越稀少，兩邊似乎都是田野，不禁想起閻瑞生王蓮英的案子，有點寒森森的。閻瑞生帶了個妓女到郊外兜風，為了她的首飾勒死了她。跟乃德在一起，這一類的事更覺得接近。

80.《小團圓》，第一三一頁：洗了臉出來，忽見翠華下樓來了，劈頭便質問怎麼沒告訴她就在外面過夜，打了她一個嘴巴子，反咬她還手打人，激得乃德打了她一頓。

81.《小團圓》，第八三至八四頁：

「你們房間跟書房的牆要什麼顏色，自己揀，」蕊秋說。

九莉與九林並坐著看顏色樣本簿子，心裏很怕他會一反常態，發表起意見來。照例沒開口。九莉揀了深粉紅色，隔壁書房漆海綠。第一次生活在自製的世界裏，狂喜得心臟都要綳裂了，住慣了也還不時的看一眼就又狂喜起來。四樓「閣樓式」的屋頂傾斜，窗戶狹小，光線陰暗，她也喜歡，像童話裏黑樹林中的小屋。

82.《小團圓》，第九一頁：

「喜歡純姐姐還是蘊姐姐？」楚娣問。

「都喜歡。」

「不能說都喜歡。總有一個更喜歡的。」

「喜歡蘊姐姐。」因為她不及純姐姐，再說不喜歡她，不好。純姐姐大概不大在乎。人人都喜歡她。

83.《小團圓》，第九〇頁：

乃德有人請客，叫條子，遇見在天津認識的一個小老七，是他的下堂妾愛老三的小姐妹。小老七懷念起愛老三來，叫她的人就叫她轉局，坐到乃德背後去，說話方便些。席上也有蕊秋的弟弟雲志，當個笑話去告訴蕊秋。已經公認愛老三老，這小老七比她還大幾歲，身材瘦小，滿面煙容，粉搽得發青灰色，還透出雀斑來，但是乃德似乎很動了感情。

也就是這兩天，女傭收拾乃德的臥室，在熱水汀上發現一隻銀灰色綢傘，拿去問楚娣蕊秋，不是她們的。蕊秋叫她拿去問乃德，也說不知道哪來的。女傭又拿來交給蕊秋，蕊秋叫她「還擱在二爺房裏水汀上。」

過了兩天，這把傘不見了。蕊秋楚娣笑了幾天。

84.《小團圓》，第一二八頁：他沒到醫院去照X光，九莉覺得是因為蕊秋不信任他，沒給他十塊錢X光費。當然，給了他是否會另作別用，那又是個問題了。

85．《小團圓》，第九六頁：乃德另找房子，卻搬到蕊秋娘家住的衖堂裏，還痴心指望再碰見她，她弟弟還會替他們拉攏勸和。但是蕊秋手續一清就到歐洲去了。

86．《小團圓》，第一二六至一二七頁：她替九莉把額前的頭髮梳成卻爾斯王子的橫雲度嶺式。直頭髮不持久，回到學校裏早已塌下來了，她捨不得去碰它，由它在眼前披拂，微風一樣輕柔。

87．第一、二部份「定稿」題目已改。

88．〔〕＝已刪文字。

89．《小團圓》，第七九頁：楚娣見她彷彿有保留的神氣，卻誤會了，頓了一頓，又悄悄笑道：「二嬸那時候倒是為了簡煒離的婚。可是他再一想，娶個離了婚的女人怕妨礙他的事業，他在外交部做事。在南京，就跟當地一個大學畢業生結婚了。後來他到我們那兒去，一見面，兩人眼睜睜對看了半天，一句話都沒說。」

90．《小團圓》，第七七至七八頁：

楚娣在窗前捉到一隻鴿子，叫她來幫著握住牠，自己去找了根繩子來，把牠一隻腳拴在窗台上。鴿子相當肥大，深紫閃綠的肩脖一伸一縮扭來扭去，力氣不打一處來，叫人使不上勁，捉在手裏非常興奮緊張。兩人都笑。

「這要等老秦媽明天來了再殺，」楚娣說。

九莉不時去看看牠。鴿子在窗外團團轉，倒也還安靜。

「從前我們小時候養好些鴿子，奶奶說養鴿子眼睛好，」楚娣說。

想必因為看牠們飛，習慣望遠處，不會近視眼，但是他們兄妹也還是近視。

誰知這隻鴿子一夜憂煎，像伍子胥過昭關，雖然沒變成白鴿，一夜工夫瘦掉一半。次日見了以為換了隻鳥。老秦媽拿到後廊上殺了，文火燉湯，九莉吃著心下慘然，楚娣也不作聲。不擱茴香之類的香料，有點腥氣，但是就這一次的事，也不犯著去買。

附錄二・異鄉記

關於〈異鄉記〉

【張愛玲文學遺產執行人】宋以朗

二〇〇三年我自美返港，在家中找到幾箱張愛玲的遺物，包括她的信札及小說手稿。手稿當中，有些明顯是不完整的，例如一部題作〈異鄉記〉[1]的八十頁筆記本。這是第一人稱敘事的遊記體散文，講述一位「沈太太」（即敘事者）由上海到溫州途中的見聞[2]。現存十三章，約三萬多字，到第八十頁便突然中斷，其餘部分始終也找不著。因為從未有人提及它，當初我對這殘稿便不怎樣留意，只擱在一旁暫且不管。直到幾年後，我才慢慢發現它的真正意義。

二〇〇九年《小團圓》出版，引起轟動。我是在二〇〇八年底才首次看這部小說的，很快便發現有些章節跟張愛玲的舊作十分相似，如《小團圓》第九章便跟一九四七年的散文〈華麗緣〉如出一轍。而〈華麗緣〉的閔少奶奶，又令我想起〈異鄉記〉的閔先生和閔太太，難道〈華麗緣〉是〈異鄉記〉的一個段落？重看一遍〈異鄉記〉，只第九章有一句提及〈華麗緣〉

的社戲，卻沒有詳細描寫，但肯定的是，〈華麗緣〉與〈異鄉記〉的故事背景是完全一致的。既然《小團圓》和〈華麗緣〉都跟張愛玲的個人經歷息息相關，那麼我們幾乎可以斷定，〈異鄉記〉其實就是她在一九四六年頭由上海往溫州找胡蘭成途中所寫的札記了。

重看了張愛玲部分作品後，我終於明白〈異鄉記〉的兩重意義：它不但詳細記錄了張愛玲人生中某段關鍵日子，更是她日後創作時不斷參考的一個藍本。就前一點而言，〈異鄉記〉的自傳性質是顯而易見的，甚至連角色名字也引人遐想。例如敘事者沈太太長途跋涉去找的人叫「拉尼」，相信就是「Lanny」的音譯，不禁令人聯想起胡蘭成的「Lancheng」。又如第八章寫參觀婚禮，那新郎就叫「菊生」，似乎暗指「蘭成」及其小名「蕊生」。至於〈異鄉記〉對日後作品的影響，不妨舉一個例子說明。

〈異鄉記〉第十二章說：

黃包車又把我們拉到縣黨部。這是個石庫門房子。一跨進客堂門，迎面就設著一帶櫃檯，櫃檯上物資堆積如山，木耳、粉絲、筍乾、年糕，各自成為一個小丘。這小城，沉浸在那黃色的陽光裏，孜孜地「居家過日子」，連政府到了這地方都只夠忙著致力於「過日子」了，彷彿第一要緊是支撐這一份門戶。一個小販挑著一担豆腐走進門來，大概是每天送來的。便有一個黨部職員迎上前去，揭開抹布，露出那精巧的鑲荷葉邊的豆腐，和小販爭多論少，雙眉緊鎖拿出一隻小秤來秤。

櫃檯裏面便是食堂，這房間很大。這時候天已經黑下來了，點起了一盞汽油燈，影影綽綽照著東一張西一張許多朱漆圓桌面。牆壁上交叉地掛著黨國旗，正中掛著總理遺像。那國旗是用大幅的手工紙糊的。將將就就，「青天白日滿地紅」的青色用紫來代替，大紅也改用玫瑰紅。燈光之下，嬌艷異常，可是就像有一種善打小算盤的主婦的省錢的辦法，有時候想入非非，使男人哭笑不得。

《小團圓》第十章有兩段分明是寫同一地方，而下文所引的最後一句，更可視為〈異鄉記〉題目的註腳：

乘了一截子航船，路過一個小城，在縣黨部借宿。她不懂，難道黨部也像寺院一樣，招待過往行人？去探望被通緝的人，住在國民黨黨部也有點滑稽。想必郁先生自有道理，她也不去問他。堂屋上首牆上交叉著紙糊的小國旗，「青天白日滿地紅」用玫瑰紅，嬌艷異常。因為當地只有這種包年賞的紅紙？

「未晚先投宿，」她從樓窗口看見石庫門天井裡一角斜陽，一個豆腐担子挑進來。裡面出來了一個年青的職員，穿長袍，手裡拿著個小秤，掀開豆腐上蓋的布，秤起豆腐來，一副當家過日子的樣子。

他鄉，他的鄉土，也是異鄉。

類似的例子還有很多：如《秧歌》第一章寫茅廁、店子、矮石牆，以及譚大娘買黑芝蔴棒糖一段，都見於〈異鄉記〉第五章；《秧歌》第六章寫「趙八哥」一節，則本於〈異鄉記〉第九章寫的「孫八哥」；《秧歌》第十一章把做年糕比作「女媧煉石」，見〈異鄉記〉的第四章；《秧歌》第十二章寫殺豬，則出自〈異鄉記〉的第六章；《怨女》第二章寫銀娣外婆算命，見〈異鄉記〉的第二章。諸如此類的例子自然還有更多，但單憑這裡所引，已足證〈異鄉記〉是張愛玲下半生創作過程中一個重要的靈感來源了。甚至傳說中的《描金鳳》，前身會否也是這部〈異鄉記〉呢？

由於是未定稿，每一頁都東塗西抹的，漏洞在所難免：如第十章寫「正月底」上路，到第十二章反而時光倒流為「元宵節」。再加上筆記本殘缺不全，這部〈異鄉記〉的毛病是無庸諱言的。但基於以下兩個理由，我還是決定把它公之於世。

首先，〈異鄉記〉以張愛玲往溫州途中的見聞為素材，詳細補充了《小團圓》第九和第十兩章，而當中的情節及意象亦大量移植到日後的作品內。〈異鄉記〉的發表，不但提供了有關張愛玲本人的第一手資料，更有助我們了解她的寫作意圖及過程。

第二，張曾在五〇年代初跟我母親鄺文美說：

> 除了少數作品，我自己覺得非寫不可（如旅行時寫的〈異鄉記〉），其餘都是沒法才寫的。而我真正要寫的，總是大多數人不要看的。
>
> 〈異鄉記〉——大驚小怪，冷門，只有你完全懂。

明知「大多數人不要看」，看了也不會「完全懂」，張愛玲還是覺得〈異鄉記〉「非寫不可」，足見此作在她心中的重大意義。如此說來，它對讀者無疑是一大挑戰。究竟它是「巔峰之作」，抑或「屢見敗筆」？作者又為什麼要「非寫不可」呢？我姑且不說，就留給大家自己判斷吧。

1．原稿經過塗改，隱約可見最初的題目是「異鄉如夢」。

2．作者沒有直接介紹自己，僅藉旁人之口告訴讀者她是「沈太太」。至於旅程路線，也是在遊記中逐漸透露，例如到手稿第四頁才明言起點是上海，到第七十三頁才提及要去永嘉（可知目的地是溫州）。但為什麼去溫州呢？作者只在第二章暗示過要找一位叫「拉尼」的人，似乎就是她的丈夫。由於稿件不全，她最後是否找到拉尼，找到後又發生什麼事，我們都無法知道。

異鄉記

一

動身的前一天，我到錢莊裏去賣金子。一進門，一個小房間，地面比馬路上低不了幾寸，可是已經像個地窖似的，陰慘慘的。櫃檯上銅闌干後坐著兩個十六七歲的小夥計，每人聽一架電話，老是「唔，唔，哦，哦」地，帶著極其滿意的神情接受行情消息。極強烈的檯燈一天到晚開著，燈光正照在臉上，兩人都是飽滿的圓臉，蝌蚪式的小眼睛，斜披著一綹子頭髮，身穿明藍布罩袍，略帶揚州口音，但已經有了標準上海人的修養。燈光裏的小動物，生活在一種人造的夜裏；在巨額的金錢裏沉浸著，浸得透裏透，而撈不到一點好處。使我想起一種蜜餞乳鼠，封在蜜裏的，小眼睛閉成一線，笑迷迷的很快樂的臉相。

我坐在一張圓凳上等拿錢，坐了半天。房間那頭有兩個人在方桌上點交一大捆鈔票。一個打雜的在旁觀看，在陰影裏反剪著手立著，穿著短打，矮矮的個子，面上沒有表情，很像童話裏拱立的田鼠或野兔。看到這許多鈔票，而他一點也不打算伸手去拿，沒有一點衝動的表示——我不由得感到我們這文明社會真是可驚的東西，龐大複雜得怕人。

換了錢，我在回家的路上買了氈鞋、牙膏、餅乾、奶粉、凍瘡藥。腳上的凍瘡已到將破未破的最尷尬的時期，同時又還患著重傷風咳嗽，但我還是決定跟閔先生結伴一同走了。到家已經夜裏八點鐘，累極了，發起寒熱來了，吃了晚飯還得洗澡，理箱子，但是也不好意思叫二姨幫忙，因為整個地這件事是二姨不贊成的。我忙出忙進，雙方都覺得很窘。特為給我做的一碗肉絲炒蛋，吃到嘴裏也油膩膩的，有一種異樣的感覺。

我把二姨的鬧鐘借了來，天不亮就起身，臨走，到二姨房裏去了一趟，二姨被我吵得一夜沒睡好，但因為是特殊情形，矇矓中依舊很耐煩地問了一聲：「你要什麼？」我說：「我把鐘送回來。」二姨不言語了。這時候門鈴響起來，是閔先生來接了。立刻是一派兵荒馬亂的景象，阿媽與閔先生幫著我提了行李，匆匆出門。不料樓梯上電燈總門關掉了，一出去頓時眼前墨黑，三人扶牆摸壁，前呼後應，不怕相失，只怕相撞，因為彼此都是客客氣氣，不大熟的。在那黑桶似的大樓裏，一層一層轉下來，越著急越走得慢，我簡直不能相信這公寓是我住過多少年的。

出差汽車開到車站，天還只有一點濛濛亮，像個鋼盔。這世界便如一個疲倦的小兵似的，在鋼盔底下盹著了，又冷又不舒服。車站外面排列著露宿軋票的人們的鋪蓋，箢蓆，難民似的一群，太分明地彷彿代表一些什麼——一個階級？一個時代？巨大的車站本來就像俄國現代舞台上的那種象徵派的偉大佈景。我從來沒大旅行過；在我，火車站始終是個非常離奇的所在，縱然沒有安娜·凱列妮娜臥軌自殺，總之是有許多生離死別，最嚴重的事情在這裏發生。而搭火車又總是在早晨五六點鐘，這種非人的時間。灰色水門汀的大場地，兵工廠似的森嚴。屋樑上高棲著兩盞小黃燈，如同寒縮的小鳥，斂著翅膀。黎明中，一條條餐風宿露遠道來的火車，在那裏嘶嘯著。任何人身處到其間都不免有點倉皇罷——總好像有什麼東西忘了帶來。

腳夫呢，好像新官上任，必須在最短期間括到一筆錢，然後準備交卸。不過，他們的任期比官還要短，所以更需要心狠手辣。我見了他們真怕。有一個挑夫催促閔先生快去買票，遲了沒處坐。閔先生擠到那邊去了，他便向我笑道：「你們老闆人老實得很。」我坐在行李捲上，抬起頭來向他笑了一笑。當我是閔先生的妻子，給閔先生聽見了也不知作何感想，我是這樣的臃腫可憎，穿著特別加厚的藍布棉袍，裹著深青絨線圍巾，大概很像一個信教的老闆娘。

賣票處的小窗戶上面鑲著個圓形掛鐘。我看閔先生很容易地買了票回來，也同買電影票差不多。等到上火車的時候，我又看見一個摩登少婦嬌怯怯的攀著車門跨上來，寬博的花呢大衣下面露出纖瘦的腳踝，更加使人覺得這不過是去野餐。我開始懊悔，不該打扮得像這個樣子——又不是逃難。

火車在曉霧裏慢慢開出上海，經過一些洋鐵棚與鉛皮頂的房子，都也分不出是房屋還是貨車，一切都彷彿是隨時可以開走的。在上海邊緣的一個小鎮上停了一會，有一個敞頂的小火車裝了一車兵也停在那裏。他們在吃大餅油條，每人捏著兩副，清晨的寒氣把手凍得拙拙的，不大好拿。穿著不合身的大灰棉襖，他們一個個都像油條揣在大餅裏。人雖瘦，臉上卻都是紅撲撲的，也不知是健康的象徵還是凍出來的。有一個中年的，瘦長刮骨臉的兵，忽然從口袋裏抽出一條花紗帕子，抖開來，是個時髦女人的包頭，飄飄拂拂的。他賣弄地用來擤了擤鼻子，又往身邊一揣。那些新入伍的少年人都在那裏努力吃著，唯恐來不及，有幾個兵油子便滿不在乎，只管擎著油條東指西顧說笑，只是隔著一層車窗，聽不見一點聲音。看他們嘻嘻哈哈像中學生似的，卻在灰色的兵車上露出半身，我看著很難過。

中國人的旅行永遠屬於野餐性質，一路吃過去，到一站有一站的特產，蘭花豆腐乾、醬麻雀、粽子。饒這樣，近門口立著的一對男女還在那裏幽幽地，回味無窮地談到吃。那窈窕的長三型的女人歪著頭問：「你猜我今天早上吃了些什麼？」男人道：「是甜的還是鹹的？」女人想了一想道：「淡的。」男人道：「這倒難猜了！可是稀飯？」女人搖頭抿著嘴笑。男人道：「淡的……蓮心粥末是甜的，火腿粥末是鹹的——」女人道：「告訴你不是稀飯呀！」男人道：「這倒猜不出了。」旁聽的眾人都帶著鄙夷的微笑，大概覺得他們太無聊，同時卻又豎著耳朵聽著。一個冠生園的人托著一盤蛋糕擠出擠進販賣，經過一個黃衣兵士身邊卻有點胆寒，挨挨蹭蹭的。

查票的上來了。這兵士沒有買票，他是個腫眼泡長長臉的瘦子，用很傖的北方話發起脾氣來了。查票的是個四川人，非常矮，蟹殼臉上罩著黑框六角大眼鏡，腰板筆挺地穿著一身制服，代表抗建時期的新中國，公事公辦，和他理論得青筋直爆。兵士漸漸的反倒息了怒，變得嫵媚起來，將他的一番苦情娓娓地敘與旁邊人聽。出差費不夠，他哪來這些錢貼呢？他又向查票的央道：「大家都是為公家服務……」無奈這查票的執意不肯通融，兩人磨得舌敝唇焦，軍人終於花了六百塊錢補了一張三等票。等查票的一走開，他便罵罵咧咧起來：「媽的！到杭州——揍！到杭州是俺們的天下了，揍這小子！」我信以為真，低聲問閔先生道：「那查票的不知道曉得不曉得呢？到了杭州要吃他們的虧了。」閔先生笑道：「哪裏，他也不過說說罷了。」那兵士兀自有板有眼地喃喃唸著：「媽的——到杭州！」又道：「他媽的都是這樣！兄弟們上大世界看戲——不叫看。不叫看哪：搬人，一架機關鎗，嘍爾庫嗤一掃！媽的叫看不叫看？——叫看！」他笑了。

半路上有一處停得最久。許多村姑拿了粽子來賣，又不敢過來，只在月台上和小姐妹交頭接耳推推搡搡，趁人一個眼不見，便在月台邊上一坐，將肥大的屁股一轉，溜到底下的火車道上來。可是很容易受驚，才下來又爬上去了。都穿著格子布短襖，不停地扭頭，甩辮子，撇嘴，竟活像銀幕上假天真的村姑，我看了非常詫異。

火車裏望出去，一路的景緻永遠是那一個樣子——墳堆、水車；停棺材的黑瓦小白房子，低低的伏在田隴裏，像狗屋。不盡的青黃的田疇，上面是淡藍的天幕。那一種窒息的空曠——如果這時候突然下了火車，簡直要覺得走投無路。

多數的車站彷彿除了個地名之外便一無所有，一個簡單化的小石牌樓張開手臂指著冬的荒田，說道：「嘉潯，」可是並不見有個「嘉潯」在哪裏。牌樓旁邊有時有兩隻青石條櫈，有時有一隻黃狗徜徉不去。小牌樓立定在淡淡的陽光裏，看著腳下自己的影子的消長。我想起五四以來文章裏一直常有的：市鎮上的男孩子在外埠讀書，放假回來，以及難得回鄉下一次看看老婆孩子的中年人……經過那麼許多感情的渲染，彷彿到處都應當留著一些「夢痕」。然而什麼都沒有。

二

中午到了杭州，閔先生押著一挑行李，帶著他的小舅子和我來到他一個熟識的蔡醫生處投宿。蔡醫生的太太也是習護士的，兩人都在醫院裏未回。女傭招呼著先把行李搬了進來，他們家正在開飯，連忙添筷子，還又亂著揩檯抹凳。蔡醫生的一個十四五歲的兒子穿著學生制服，剃著陸軍頭，生得鼻正口方，陪著我們吃了粗糲的午飯，飯裏斑斑點點滿是穀子與沙石。只有那麼一個年青的微麻的女傭，胖胖的，忙得紅頭漲臉，卻總是笑吟吟的。我對於這份人家不由得肅然起敬。

請女傭帶我到解手的地方，原來就在樓梯底下一個陰暗的角落裏，放著一隻高腳馬桶。我伸手鉗起那黑膩膩的木蓋，勉強使自己坐下去，正好面對著廚房，全然沒有一點掩護。風颼颼的，此地就是過道，人來人往，我也不確定是不是應當對他們點頭微笑。

閔先生把我安插在這裏，他們郎舅倆另去找別的地方過夜了。蔡家又到了一批遠客，是從隣縣避難來的，拖兒帶女，網籃裏倒扣著猩紅洒花洋磁臉盆，網籃柄上掖著潮濕的毛巾。我自己有兩件行李堆在一張白漆長凳上——那顯然是醫院裏的傢俱，具有這一對業醫的夫婦的特殊空氣。我便在長凳上坐下，伏在箱籠上打瞌眈。迷迷糊糊一覺醒來，已經是黃昏了，房間裏還是行裝甫卸的樣子，卸得遍地都是。一個少婦坐在個包裹上餵奶。玻璃窗上鑲著盤花鐵闌干，窗口的天光裏映出兩個少女長長的身影，都是棉袍穿得圓滾滾的，兩人朝同一個方向站著，馴良地聽著個男子高談闊論分析時局。這地方和上海的衖堂房子一點也沒有什麼兩樣，我需要特別提醒我自己我是在杭州了。

有個瘦小的婦人走出走進，兩手插在黑絲絨大衣袋裏，堆著兩肩亂頭髮，焦黃的三角臉，倒掛著一雙三角眼。她望望我，微笑著，似乎有詢問的意思。但是我忽然變成了英國人，彷彿不介紹就絕對不能通話的；當下只向她含糊地微笑著。錯過了解釋的機會，蔡太太從此不理會我了，我才又自悔失禮。好容易等到閔先生來了，給我介紹說：「這是沈太太，」講好了讓她在這裏耽擱兩天，和蔡太太一床睡，蔡先生可以住在醫院裏。蔡太太雖然一口答應了，面色不大好看。我完全同情她。本來太豈有此理了。

蔡太太睡的是個不很大的雙人床。我帶著童養媳的心情，小心地把自己的一床棉被摺出極窄的一個被筒，只夠我側身睡在裏面，手與腿都要伸得筆直，而且不能翻身，因為就在床的邊緣上。鋪好了床，我就和衣睡下了，因為胃裏不消化，頭痛腦漲。女傭興匆匆上樓，把電燈拍地一開，叫道：「師母，吃飯！」我說我人不舒服，不吃飯了，她就又蹬蹬蹬下樓去了。在電燈的照射下，更可以覺得那一房傢俱是女主人最心愛的——過了時的摩登立體傢俱，三合板，漆得蠟黃，好像是光滑的手工紙糊的，漿糊塌得太多的地方略有點凸凹不平。衣櫥上的大穿衣鏡亮得如同香烟聽頭上拆下來的洋鐵皮，整個地像小孩子製的手工。樓上靜極了，可以聽見樓下碗盞叮噹，吃了飯便嘩啦啦洗牌，叉起麻將來。我在床上聽著，就像是小時候家裏請客叉麻將的聲音。小時候難得有時因為病了或是鬧脾氣了，不吃晚飯就睡覺，總覺得非常委屈。我這時候躺在床上，也並沒有思前想後，就自悽悽惶惶的。我知道我再哭也不會有人聽見的，所以放聲大哭了，可是一面哭一面豎著耳朵聽著可有人上樓來，我隨時可以停止的。我把嘴合在枕頭上，問著：「拉尼，你就在不遠麼？我是不是離你近了些呢，拉尼？」我是一直線地向著他，像火箭射出去，在黑夜裏奔向月亮；可是黑夜這樣長，半路上簡直不知道是不是已經上了路。我又抬起頭來細看電燈下的小房間——這地方是他也到過的麼？能不能在空氣裏體會到……但是——就光是這樣的黯淡！

生命是像我從前的老女傭，我叫她找一樣東西，她總要慢條斯理從大抽屜裏取出一個花格子小手巾包，去掉了別針，打開來輕輕掀著看了一遍，照舊包好，放還原處，又拿出個白竹布包，用一條元色舊鞋口滾條捆上的，打開來看過沒有，又收起來；把所有的包裹都檢點一過，她自己也皺起了眉毛說：「咦？」然而，若不是有我在旁邊著急，她決不會不耐煩的，她對這些東西是這樣的親切——全是她收的，她找不到就誰都不要想找得到。

蔡家也就是這樣的一個小布包，即使只包著一些破布條子，也顯然很為生命所重視，收得齊齊整整的。蔡太太每天早晨九點鐘在充滿了陽光的寢室裏梳洗完畢，把藍布罩衫肩上的頭皮屑劈劈拍拍一陣撣，就上醫院去了，她的大衣她留著在家裏穿。她要到夜飯前後方才回家，有時候晚上湊個兩圈麻將，否則她一天最快樂的時候是臨睡之前在床上刮辣鬆脆地吃上一大包榧子或麻花。她的兒子上學回來便在樓梯口一個小書房裏攻書，女傭常常誇說他們少爺在學校裏功課非常好。

那女傭雖然害砂眼斷送了一隻眼睛，還是有一種少女美，胖嘟嘟的，總穿著件稀皺的小花點子舊白布短衫。那衣裳黏在她身上像饅頭上的一層皮，尤其像饅頭底上濕噌噌的皮，印出蒸籠槓子的凸凹。我猜她只有十八九歲，她笑了起來，說：「哪裏？二十八了！」尾聲裏有一點幽怨。然而總是興興頭頭的，天不亮起來生煤爐，一天到晚只看見她高高舉起水壺，沖滿那匝著一道紅邊的籐殼大熱水瓶；隨時有客人來到，總有飯菜端上來，至不濟也有青菜下麵。吃了一頓又一頓，一次次用油抹布揩拭油膩的桌面。大家齊心戮力過日子，也不知都是為了誰。

下午，我倚在窗台上，望見隣家的天井，也是和這邊一樣的，高牆四面圍定的一小塊地方。有兩個圓頭圓腦的小女孩坐在大門口青石門檻上頑耍。冬天，都穿得袍兒套兒的，兩扇黑漆板門開著，珊瑚紅的舊春聯上映著一角斜陽。那情形使人想起丁玲描寫的她自己的童年。寫過這一類的回憶的大概也不止丁玲一個，這樣的情景彷彿生成就是回憶的資料。我呆呆的看著，覺得這真是「即是當時已惘然」了。

閔先生來了，我們在蔡家客堂裏坐地。有一對穿得極破爛的老夫婦，不知道是男主人還是女主人的親戚，來到他們家，雖然早已過了吃飯的時候，主人又不在家，傭人卻很體諒，立即搬上飯來。老兩口子對坐在斜陽裏，碗筷發出輕微的叮噹。一鍋剩飯，裝在鵝頭高柄紅漆飯桶裏，熱氣騰騰的，不知為什麼使我想起「黃粱初熟」。這兩個同夢的人，一覺醒來，早已忘了夢的內容，只是靜靜地吃著飯，吃得非常香甜。飯盛得結結實實的，一碗飯就像一隻拳頭打在肚子上。

那老頭子吃完飯，在這裏無事可做，徜徉了一會，就走了。

有琵琶聲，漸漸往這邊來了，遠迢迢叮呀咚地，在橫一條豎一條許多白粉牆的衖堂裏玲瓏地穿出穿進。閔先生說是算命的瞎子彈的。自古至今想必總有許多女人被這聲音觸動了心弦，不由得就撩起圍裙暗暗數著口袋裏的錢，想著可要把瞎子叫進來問問，雖然明知道自己的命不好。

我聽了半晌，忍不住說：「真好聽極了！我從來沒聽見過。」閔先生便笑著說：「要不要把他叫進來？他算起命來是邊彈邊唱的。」

女傭把那瞎子先生一引引了進來，我一看見便很驚異，那人的面貌打扮竟和我們的一個蘇幫裁縫一般無二。大約也是他們的職業關係，都是在女太太們手中討生活的，必須要文質彬彬，小心翼翼。肌肉一條條往下拖著的「獅子臉」面色青黃。由於極度的忍耐，總帶著酸溜溜的微笑。女傭把一張椅子掇到門邊，說道：「先生，坐！」他像說書人似地捏著喉嚨應道：「噢噢！噢噢！」扶著椅背坐下了。

閔先生將他自己的八字報給他聽，他對閔先生有點摸不出是什麼路道，因此特別留了點神，輕攏慢撚彈唱起來。我悄悄的問閔先生說得可靈不靈，閔先生笑而不答。算命的也有點不得勁，唱唱，歇歇，顯然對他有所期待。他只是偏過頭去剔牙齒，冷淡地發了句話：「唔。你講下去。」算命的疑心自己通盤皆錯，索性把心一橫，不去管他，自把絃子緊了一緊，帶著蠅蠅的鼻音，唱道：「算得你年交十八春……」一年一年算下去，閔先生始終沒有半點表示，使算命的自以為一定謅得一點邊也沒有——這我覺得很殘酷，尤其是事後他告訴我說是算得實在很準的。大約這就是內地的大爺派頭。

他付錢之前說：「有沒有什麼好聽點的曲子彈一隻聽聽？」算命的彈了一隻〈毛毛雨〉。雖然是在琵琶上，聽了半闋也就可以確定是〈毛毛雨〉了。

那老媽媽本來在旁邊聽著他給閔先生算命的，聽上癮來了，他正要走，又把他叫住了。她顯然是給瞎子算慣了命的，她和他促膝坐著，一面聽著，一面不住的點頭，說「唔，唔，」彷彿一切皆不出她所料。被稱為「老太太」她非常受用。她穿著淡藍破棉襖，紅眼邊，白頭髮，臉上卻總是笑嘻嘻的，大概因為做慣了窮親戚的緣故，一天到晚都得做出愉快的樣子。

算命的告訴她：「老太太，你就吃虧在心太直，受人欺……」這是他們的套語，可以用在每一個女人身上的，不管她怎樣奸刁，說她「心直口快，吃人的虧」她總認為非常切合的。這老媽媽果然點頭不迭，用鼓勵的口吻說：「唔，唔……」釘眼望著他，他又唱上一段。她便又追問道：「那麼，到底歸根結局是怎樣的呢？」我不由得倒抽了口涼氣，想道：「一個七八十歲的人，好像她這時候的貧窮困苦都還是不算數的——她還另有一個歸根結局哩！」那算命的被她逼迫不過，也微微嘆了口氣，強打精神答道：「歸根結局倒還是好的呢！」推算出來，她有一個兒子可靠，而這兒子是好的。我想總不會太好，要不然也不會讓她落到這樣的地步。然而那老媽媽只是點頭，說：「唔，唔。……你再講呢！」那算命的乾笑了一聲，答道：「老太太，再講倒也沒有什麼講的了呢！」我覺得這句話非常刺心，我替那老媽媽感到羞赧，同時看這算命先生和老太太們纏慣了的無可奈何的憔悴的臉色，也著實可憐。

閔先生的小舅子從來沒到過杭州，要多玩幾天。我跟著他們一同去遊湖。走出來，經過街堂，杭州的衖堂房子不知為什麼有那樣一種不祥之感——在淡淡的陰天下，黑瓦白房子無盡的行列，家家關閉著黑色的門。

衖堂外面有個小河溝。淡綠的大柳樹底下，幾個女人穿著黑蒼蒼的衣服，在墨黑的污水裏浣衣。一張現成的風景畫，但是有點骯髒，濕膩膩的，像是有種「奇人」用舌頭蘸了墨畫出來的。

來到湖邊，閔先生的舅子先叫好了一隻船，在那裏等著，船上的一張籐桌上也照例放著四色零食：榧子、花生、乾癟的小橘子和一種極壞的紙包咖啡糖。也像冬天的西湖十景，每樣都有在那裏，就是不好。

船划到平湖秋月——或者是三潭印月——看上去彷彿是新鏟出來的一個土坡子，可能是兆手公園裏劃下來的一斜條土地。上面一排排生著小小的樹，一律都向水邊歪著。正中一座似廟非廟的房屋，朱紅柱子。船靠了岸，閔先生他們立刻隱沒在朱紅柱子的迴廊裏，大約是去小便。我站在渡頭上，簡直覺得我們普天之下為什麼偏要到這樣的一個地方來。

此後又到了一個地方，如果剛才是平湖秋月，那麼現在就是三潭印月了。這一次閔先生的舅子從船立起身的時候，給座位上一粒釘絆住了，把他簇新的黃卡其空軍袴子撕破了一塊。閔先生代他連呼心痛不置，他雖然豪氣縱橫地不甚理會，從此遊興頓減，哪裏也不想去了，一味埋頭吃榧子，吃得橫眉豎目的。

小船划到外湖的寬闊處，湖上起了一層白霧，漸漸濃了。難得看見一兩隻船，只是一個影子，在白霧裏像個黑螞蟻，兩隻槳便是螞蟻腳，船在波中的倒影卻又看得很清楚，好像另有個黑蟻倒過來蠕蠕爬著。天地間就只有一倒一順這幾個小小的螞蟻。自己身邊卻有那酥柔的水聲，偶而「嘓」地一響，彷彿它有塊糖含在嘴裏，隔半天咽上一口溶液。我第一次感到西湖的柔媚，有一種體貼入微的姬妾式的溫柔，略帶著點小家氣，不是叫人覺得難以消受的。中國士大夫兩千年來的綺夢就在這裏了。霧濛濛的，天與水相偎相倚，如同兩個小姐妹薰香敷粉出來見客，兩人挨得緊緊的，只為了遮蔽自己。在這一片迷茫中，卻有一隻遊船上開著話匣子，吱吱呀呀刺耳地唱起流行歌來。在這個地方，古時候有過多少韻事發生，至今還纏綿不休的西湖上，這電影歌曲聽上去簡直粗俗到極點，然而也並無不合，反倒使這幅圖畫更凸出了。

我們在館子裏吃了晚飯，先送我回家。經過杭州唯一的一條大馬路，倒真是寬闊得使人詫異，空蕩蕩的望不到頭。這不聚氣的地方是再也繁華不起來的，霓虹燈電燈都成了放射到黑洞洞的天空裏的烟火花炮，好像眼看著就要紛紛消滅了。我很注意地看櫥窗裏強烈的燈光照出的綉花鞋，其實也不過是上海最通行的幾個樣子，黑緞子鞋頭單綉一朵雪青蟹爪菊，或是個醬紅圓壽字，綠色太極圖。看到這些熟悉的東西，我不禁對上海有咫尺天涯之感了。

隨後漸漸走入黑暗的小街小巷，一腳高一腳低，回到蔡家。樓上有一桌牌，閔先生他們就在樓下坐了一會，我倒了兩杯開水上來，我自己也捧了一杯開水，坐在昏黃的燈光下。我對他們並沒有多少友誼，他們對我也不見得有好感，可是這時候我看見他們總覺得有一種依戀。

在蔡家住了三四天，動身的前夜，我把行李整理好了，早早上床睡了，蔡太太在我身邊兀自擁被坐著，和打地舖的親戚們聊天，吃宵夜，忽然有人打門，女傭問：「什麼人？」答道：「我！」蔡太太她們還在那裏猜度不知是誰這時候跑了來，我早已聽出來是閔先生。閔先生帶了兩蒲包糖菓來送給蔡太太，因為這兩天多有打攪。兩人客氣了一會，蔡太太就在枕上打開蒲包，拈了些出來嚐嚐。閔先生笑著說：「明天要走了。……要走了，下次來一定陪蔡太太打牌。——沈太太已經睡了麼？」我面朝裏躺著。聽到閔先生的聲音，彷彿見了親人似的，一喜一悲，我一直算是睡著了沒作聲，可是沿著枕頭滴下眼淚來了。

三

到永浬去的小火車，本是個貨車，乘客便胡亂坐在地下。可是有一個軍官非常的會享福，帶了隻搖椅到火車上來，他躺在上面，擁著簇新的一條棉被，湖綠縐紗被面，粉紅柳條絨布裏子。火車搖得他不大對勁的時候，更有貼身伏侍的一個年青女人在旁推送。她顯然是挑選得很好的一個女人，白油油的滾圓的腮頰，孩子氣的側影，凹鼻樑，翹起的長睫毛，眼睛水汪汪地。頭髮也像一般的鎮上的女子，前面的鬅髮做得高高的，卻又垂下絲絲縷縷的前劉海，顯得疊床架屋。她在青布袍上罩著件時式的黑大衣，兩手插在袋裏，端著肩膀，馬上就是個現代化的輪廓。腳上卻還是穿了布鞋，家裏做的圓口灰布鞋，泥土氣很重。她就連在噓寒問暖的時候，雖然在火車轟隆轟隆的喧聲裏，仍舊顯得喉嚨太大了，是在田野裏喊慣了的喉嚨。那軍官睜開一雙黃黃的大眼睛，向她看了一眼。被窩嚴嚴地蓋在嘴上，也許他曾經嗡隆了一聲作為答覆，也許並沒有。隨即又闔上眼皮，瘦骨臉上現出厭世的微笑，飄然入睡了。一顆頭漸漸墜在椅背上，一顛一顛。女人便道：「可要把你的斗篷墊在後面枕著呢？」他又張開眼，一瞥，不作聲，也沒有表情。她可又忙起來，忙了一會，重新回到她的椅子上，那椅子很高，她坐在上面必須把兩隻腳踮著點。她膝前有個僕人坐在地下，一個小尖臉的少年人，含著笑，很伶俐的樣子，並不是勤務兵的打扮。天冷，他把鞋脫了，孜孜的把腳貼在個開了蓋的腳爐上烤。他身後另擱著一雙草鞋。旁邊堆著他們的行李，包裹堆裏有兩隻雞，咯咯的在蒲包裏叫著。

車上的小生意人、鄉農和學生一致注目看著那軍人，看著他在搖椅上入睡，看著他的女人與僕人，他的財產與雞隻。很奇異地，在他們的眼光裏沒有一點點批評的神氣，卻是最單純的興趣。看了一會，有個學生彎腰繫鞋帶，他們不約而同轉過臉來細看他的皮鞋的構造。隨後又有人摸出打火機來點香烟，這一次，觀眾卻是以十倍濃厚的興趣來瞪視那打火機了。然而，仍舊沒有批評，沒有驚嘆，只是看著，看著，直到他收了起來為止。

在火車的轟轟之上，更響的轟隆一聲，車那頭的一個兵，猛力拉開了一扇窗戶。塵灰濛濛的三道太陽光射了進來，在鋼灰的車廂裏，白烟似的三道，該是一種科學上的光線，X光，紫外光，或是死光。兩個小兵穿著鼓鼓揣揣的灰色棉襖，立在光的過道裏。

有個女人在和一個兵攀談。那女人年紀不過三十開外，團團的臉，搽得「胭脂花粉」的。腫眼泡，烏黑的眼珠子，又有酒渦又有金牙齒，只是身材過於粗壯些。她披著一頭鬈髮，兩手插在藏青絨線衫袋裏，活潑能幹到極點，對於各方面的情形都非常熟悉，無論人家說什麼她都插得上嘴去。那兵是個矮矮的身材非常厚實的中年人，橙紅色的臉，一臉正人君子的模樣。他一手扠著腰，很謹慎地微笑對答著，承認這邊的冬天是冷的，可是「我們北方還要冷。」

那婦人立意要做這輛車上的交際花，遂又走過這邊來，在軍官的搖椅跟前坐下了，拖過她的腳爐，脫掉她的白帆布絆帶鞋，一雙充毛短襪也脫了去，只穿著肉紅線襪。她坐在那裏烤腳，揸開兩腿，露出一大片白色棉毛袴的袴襠，平坦的一大片，像洗剁乾淨的豬隻的下部。

軍官的姨太太問軍官：「現在不知道有幾點鐘？」她便插嘴道：「總有十點多了。」軍官的姨太太只當不聽見。至於軍官，他是連他的姨太太都不理睬的。姨太太間或與僕人交談，膝下的這個女人總也參加意見。到了一個站頭上，姨太太有一點猶疑地向僕人打聽這裏可有地方大解，又說：「不曉得可來得及。」那婦人忙慫恿道：「來得及！來得及！」說過之後，沒有反響，她自己的臉色也有點變了，但依舊粉香脂艷地仰面笑著，盯眼看著這個那個，諦聽他們自己堆裏說話。

姨太太畢竟沒有下去解手，忍了過去了。僕人給她買了一串滾燙的豆腐乾來。她挺著腰板坐在那不舒服的高椅上，吃掉了它。

那婦人終於走開了，擠在一群生意人隊裏，含著笑，眼睜睜地聽他們說話，彷彿每一句話都恰恰打到她心坎裏去。然後她覺得無聊起來。她怕風，取出一塊方格子大手帕來，當作圍巾兜在頷下。她在人叢裏找了塊地方，靠著個行李捲睡覺了。她仰著頭，合著眼，朱唇微微張著，好像等著個吻。人們將兩肘支在行李捲上站著，就在她頭上說說笑笑，完全無動於衷。

車廂的活絡門沒關嚴，砑開兩尺寬的空隙，有人吊在門口往外看。外面是絕對沒有什麼十景八景，永遠是那一堂佈景——黃的墳山，黃綠的田野，望不見天，只看見那遙遠的明亮的地面，矗立著。它也嫌自己太大太單調；隨著火車的進行，它劇烈地抽搐著，收縮、收縮、收縮，但還是綿延不絕。

寒風颼颼吹進來。

四

借宿在半村半郭的人家。這兩天一到夜晚，他們大家都去做年糕。方方的一個天井，四周走廊上有兩三處點著燈燭，分別地磨米粉，舂年糕。另有一張長板桌，圍上許多人，這一頭站著一個長工，兩手搏弄著一個西瓜大的熾熱的大白球，因為怕燙，他哈著腰，把它滾來滾去滾得極快，臉上現出奇異的微笑，使人覺得他做的是一種艱苦卓絕的石工——女媧煉石，或是原始民族的彫刻。他用心盤弄著那燒熱的大石頭，時而擘下一小塊來，擲與下首的女孩，女孩便把那些小塊一一搓出長條，然後由主婦把它們納入木製的模型，慢吞吞地放進去，小心地捺兩捺，再把邊上抹平了，還要向它端相一會，方才翻過來，在桌面上一拍，把它倒出來。她不慌不忙的，與其說她在那裏做著工作，毋寧說她是做著榜樣給大家看。她本人就是一個敝舊的灰色的木製模子，印有梅花蘭花的圖案。她頭髮已經花白了，人也發胖了，身材臃腫，可是眉目還很娟秀，臉色紅紅的。她旁邊站著的是她的弟媳婦，生得有一點寡婦相，刮骨臉，頭髮前面有些禿上來了。她笑吟吟地，動作非常俐落，用五根鵝毛紮成的小刷子蘸了胭脂水，每一塊年糕上點三點，成為三朵紅梅，模糊地疊印在原有的凸凹花紋上。忽然之間，長桌四周鬧烘烘地圍著的這些人全都不見了，正中的紅蠟燭冷冷清清點剩半截，桌上就剩下一隻洋鐵罐，裏面用水浸著一塊棉花胭脂。主婦抱著胳膊遠遠地看著傭僕們把成堆的年糕條搬到院落那邊的堂屋裏去，她和主人計算著幾十斤米一共做了幾百條。

有一次她和我攀談，我問起她一共有幾個兒女，除了我看見的三男二女之外她還有過一個大女兒，在城裏讀書讀到高中一了，十七歲的時候生肺病死了。她抹著眼淚給我看一張美麗的小照片，垂著兩條辮子的，豐滿的微笑著的面影。談到後來，她打聽我的來歷。依照閔先生所編的故事，我是一個小公務員的女人，上×城去探親去的。閔先生說，年紀說得大些好，就說三十歲。大概是我的虛榮心作祟，我認為這是很不必要的謊話。當這位太太問起我的年齡的時候，這虛榮心又使我頓了一頓，笑著回答說「二十九歲。」她彷彿不能相信似地說：「已經二十九歲了？……哦？……」這使我感到非常滿足。

所有的女眷都睡在樓上，但是，已經上了床的太太還是可以用她的嬌細尖銳的嗓子和樓下對談，她要確實知道什麼門可記得關好，什麼東西可收起來了。那樓板透風，震震作響，整個的房子像一個大帳篷。女傭搭著舖板睡在樓梯口，床舖附近堆著一大筐一大筐的穀，還有一個尿桶，就是普通的水桶，沒有蓋的，上面連著固定的粗木柄，恰巧壓在人的背脊上，人坐在上面是坐不直的。也不知為什麼，在那裏面撒尿有那樣清亮的響得嚇人的迴聲。

樓上只有一間大房，用許多床帳的向背來隔做幾間，主婦非常惋惜地說從前都是大涼床，被日本人毀了，現在是他們說笑話地自謙為「轎床」的，像抬轎似的用兩根竹竿架起一頂帳子就成了。

老太太帶著腳爐和孫女睡一床。為小女孩子脫衣服的時候，不住口地喃喃吶吶責備著她，脫一層罵一層，倒像是給衣裳鞋襪都唸上些辟邪的經咒。

我把帳子放下了。隔著那發灰的白夏布帳子，看見對床的老太太還沒吹熄的一盞油燈的暈光，白陰陰的一團火，光芒四射，像童話裏的大星。

我半夜裏凍醒過一次，把絲棉袍子和絨線短襪全都穿上了再睡。早晨醒來，樓上黑洞洞的一個人也沒有。屋頂非常高，蘆蓆搭出來的，在微光中，一片片蘆蓆像美國香烟廣告裏巨大的金黃色烟葉。已經倒又磨起米粉來了，「咕呀，咕呀，」緩慢重拙的，地球的軸心轉動的聲音……歲月的推移……

五

閔先生替我僱好了轎子，叫我先到他家裏去等他，他自己在縣城裏還有兩天耽擱。轎子在叢山裏要走一天。中午經過一家較大的村莊，停下來吃飯。一排有兩三家飯店，轎夫揀門面最軒昂的一家停下了。那家人家樓梯很奇怪，用荷葉邊式的白粉矮牆作為扶手，砌出極大的不規則的波浪形，非常像舞台上圖案化的佈景。樓下就是一大間，黑魆魆，鬧烘烘的，也正像話劇開演前的舞台。房頂上到處有各種食料纍纍地掛下來，一棵棵白菜，長條的鮮肉，最多的是豆腐皮，與一種起泡的淡黃半透明的，一大張一大張的——不知是什麼。看上去都非常好吃。跑堂的同時也上灶，在大門口沙沙沙炒菜，用誇張的大動作抓把鹽，灑點蔥花，然後從另外一隻鍋裏，水淋淋地撈出一團湯麵，「刺啦」一聲投到油鍋裏，越發有飛沙走石之勢。門外有一個小姑娘蹲在街沿上，穿著鄄差綠的袴子，向白泥灶肚裏添柴。飯店裏流麗的熱鬧滿到街上去了。

這一帶差不多每一個店裏都有一個強盜婆似的老闆娘坐鎮著，齊眉戴一頂粉紫絨線帽，左耳邊更綴著一隻孔雀藍的大絨毬——也不知什麼時候興出來的這樣的打扮，活像個武生的戲裝。帽子底下長髮直披下來，面色焦黃，殺氣騰騰。這飯店也有一個老闆娘，坐在角落裏一張小青竹椅上數錢。我在靠近後門的一張桌子上坐下了。坐了一會，那老闆娘慢慢地踅過來問：「客人吃什麼東西？」我叫了一碗麵，因為怕他們敲外鄉人竹槓，我問明白了雞蛋是卅元一隻，才要了兩隻煎雞蛋。

隔壁桌子上坐著三個小商人，面前只有一大盤子豆腐皮炒青菜，他們一人吃了幾碗飯，也不知怎麼的竟能夠吃出酒酣耳熱的神氣。內中有一個人，生著高高的鷹鉤鼻子，厚沉沉的眼瞼，深深的眼睛，很像「歷史宮闈鉅片」裏的大壞人。他極緊張地在那裏講生意經，手握著筷子，將筷子伸過去揿住對方的碗，要他特別注意這一點，說：「……一千六買進，賣出去一千八……」頸項向前努著，微微皺著眉，臉上有一種異常險惡的表情，很可能是一個紅衣大主教在那裏佈置他的陰謀。為很少的一點錢，令人看了覺得慘然。

後門開出去，沒有兩步路便是下瀉的山坡，通著田畈。門首有個羊圈，一隻羊突然把牠的很大的頭伸進來，叫了一聲「咩～～～！」昂著頭，穿著襤褸的皮衣，懶洋洋地十分落寞，像白俄婦女在中國小菜場上買菜，雖然搭不出什麼架子來，但依舊保持著一種異類的尊嚴。這頭羊和一屋子的吃客對看了一下，彼此好像都沒有得到什麼印象。牠又掉過頭去向外面淡綠的田疇「咩～～～！」叫了一聲。那一聲叫出去，彷彿便結的人出了恭，痛苦而又鬆快。牠身上有蝨子，牠的鬈毛髒得有些濕漉漉的。但是外面風和日麗，牠很喜歡牠的聲音遠遠傳開去，成為遠景的一部份，因又叫道：「咩～～～！」

不知誰把一籃子菜放在後門口，一隻紅眼圈的小羊便來吃菜。牠全然不曉得這是千載難逢的好機會。吃兩口，又發一回楞，嘴角鬚鬚囉囉拖下兩根細葉子。斷斷續續卻也吃了半晌。我恨不得告訴飯店裏的夥計：「一籃子菜都要給那個羊吃光了！」同時又恨不得催那羊快點吃，等會有人來了。

老闆娘端了一碗麵來，另外有個青花碟子裝，裏面油汪汪的，盛著兩隻煎雞蛋，卻是像蛋餃似的裏面塞著碎肉，上面灑著些醬油與蔥花。我想道：「原來鄉下的荷包蛋是這樣的，荷包裏不讓它空著。」付賬的時候，老闆娘說：「那雞蛋是給你特別加工的，」合到二百元一隻。同桌坐的一個陌生人吃的一碗炒飯，也糊裏糊塗的算在我賬上。後來還是那客人看不過去，說話了，老闆娘道：「我當你們是一起的呀！」結果還了我一百塊錢。

我走出門來尋找轎夫，他們在隔壁一個小飯店裏圍著方桌坐在長板凳上，泡了一壺茶，大家把外面衣服都脫了，只剩下一件黑而破的汗衫背心。我說：「好走了吧？」他們說：「吃了飯就走。已經買了米，在那裏燒著了。」我不由得倒抽了一口涼氣。我又不願意回到剛才那飯館子裏去，和那老闆娘相處。寧可在街上徜徉著。轎子停在石子路邊，顆顆小圓石頭嵌在黑泥裏。轎子上墊著我的一條玫瑰紅面子棉被，被角上拖在泥裏，糊了些泥漿。我看了很心痛——以後還得每天蓋在身上，蒙在頭上的，又沒法子洗它。我只得守在旁邊，不讓街上來往的母雞拉屎在上面。

這裏正對著一爿店，裏面賣的是蔴餅和黑芝蔴棒糖。除這兩樣之外，櫃台上還堆著兩小疊白紙小包，有人來買了一包，當場拆開來吃，裏面是五隻蔴餅。櫃台上另外一疊想必是包好的黑芝蔴棒糖了。不過也許仍舊是蔴餅。——這樣的店還開它做什麼呢？我看了半晌，慢慢的走過去看隔壁的一個裁縫舖子。空空的，有一個裁縫很黯淡地在那裏做著軍裝。再過去一家店，更看不出來是賣什麼的，有個小女孩用機器捲製「土香烟」。那機器是薄薄的小小的一個洋鐵匣子放在八仙桌上，簡直像洋火盒子似的，彷彿可以呱嚌一聲把它踏個粉碎……這小地方，它給人一種奇異的影響，使一個人覺得自己充滿了破壞的力量，變得就像鄉村裏駐紮的兵，百無聊賴，晃著膀子踱來踱去，只想闖點禍……

太陽曬過來，彷彿是熟門熟路來慣了的。太陽像一條黃狗攔街躺著。太陽在這裏老了。

轎夫一頓飯吃了兩三個鐘頭。再上路的時候，我聽見一個轎夫告訴另外一個——大概他去打聽過了我吃了些什麼——「肉絲湯麵，一百八。」不知為什麼，出之於非常滿意的口吻。

再走二十里路，到了周村。周村的茅廁特別多而且觸目。一到這地方，先是接連一排十幾個小茅棚，都是迎面一個木板照壁架在大石頭上，遮住裏面背對背的兩個坑位。轎子一路抬過去，還是茅廁，還是茅廁。並沒有人在那裏登坑，一個也沒有。下午的陽光曬在屋頂上鋪的白蒼蒼的茅草上。

茅廁完了，是一排店鋪。窄窄的一條石子路，對街攔著一道碎石矮牆，牆外什麼也沒有，想必就是陡地削落下去的危坡。這邊的一個肉店裏出來一個婦人，捧著個大紅洋磁面盆，一盆髒水，她走過去往牆外一潑。看了嚇人一跳——那外面虛無飄渺的，她好像把一盆污水倒到碧雲天外去了。

轎夫放下轎子歇腳，我又站在個小店門口，只見裏面一刀刀的草紙堆得很多。靠門卻有個玻璃櫥，裏面陳列著裝飾性的牙膏牙粉，髮夾的紙板，上面都印著明星照片。在這地方看見周曼華李麗華的倩笑，分外覺得荒涼。

街上一個漢子挑著担子，賣的又是黑芝蔴棒糖。有個老婆婆，也不知是他親眷還是個老主顧，站住了絮絮叨叨問他打聽價錢。他彷彿不好意思起來，一定要送給她兩根黑芝蔴棒糖，她卻虎起了臉，執意不收。推來讓去好一會，那小販嘻嘻的雖然笑著，臉上漸漸泛出紅色，有點不耐煩的樣子。那老婆子終於勉強接受了，手捏著兩根黏黏的黑芝蔴棒糖，蹒跚地走開去。一轉背，小販臉上的笑容頓時換了地盤，移植到老婆子的衰頹下陷的臉上去。她半羞半喜地一步步走不見了。那麼硬的糖，她是決吃不動的。不知帶回去給什麼人吃。

在這條街上的一列白色小店與茅厠之上，現出一抹遠山，兩三個淡青的峰頭。山背後的晴朗的天是耀眼的銀色。

有一個香燭店裏高懸著一簇簇小紅蠟燭，像長形的紅菓子，纍纍地掛下來。又有許多燈籠，每一個上面都是一個「周」字。如果燈籠上的字是以資鑒別的，這不是一點用處也沒有麼？轎夫去買了一盞描花小燈籠，掛在轎槓後面。我見了不由得著急起來，忍不住問道：「什麼時候可以到閔家莊呢？晚上還要趕路？」轎夫笑道：「不是的，我買了帶回家去的。過了年，正月裏，給小孩子玩的。」一路上這紅紅綠綠的小燈籠搖搖擺擺跟在我們後面，倒有一種溫暖的家庭的感覺。太陽一落，驟然冷起來了。深山裏的綠竹林子唏溜唏溜發出寒冷的聲音。路上遇見的人漸漸有這兩個轎夫的熟人了，漸漸有和他們稱兄道弟的他們自己族裏的人了。就快到閔家莊了。

六

快過年了，村子裏每天總有一兩家人家殺豬。我每天天不亮就給遙遠的豬的長鳴所驚醒，那聲音像淒厲沙嗄的哨子。

閔先生家裏殺第一隻豬，是在門外的廣場上。隣人都從石階上走下來觀看。那廣場四周用磚石砌出高高的平台，台上築著房子，都是像淒涼的水墨畫似的黑瓦，白粉牆被雨淋得一搭黑一搭白的。泥地上有一隻豬在那裏恬靜地找東西吃。我先就沒注意到牠。先把牠餓了一天，這時候把牠放了出來，所以牠只顧埋頭覓食。忽然，牠大叫起來了——有人去拉牠的後腿。叫著叫著，越發多兩個人去拉了。牠一直用同樣的聲調繼續嘶鳴，比馬嘶難聽一點，而更沒有表情，永遠是平平的。牠被掀翻在木架上，一個人握住牠的前腿後腿，另一個人俯身去拿刀。有一隻籃子，裝著尖刀和各種器具。籃子編完了還剩下尺來長一條篾片，並沒有截去，翹得高高的，像人家畫的蘭花葉子，長長的一撇，天然姿媚。屠夫的一隻旱烟管，也插在籃子柄的旁邊。尖刀戳入豬的咽喉，牠的叫聲也並沒有改變，只是一聲聲地叫下去。直到最後，牠短短地咕嚕了一聲，像是老年人的歎息，表示這班人是無理可喻的。從此就沉默了。

已經死了，嘴裏還冒出水蒸氣的白烟。天氣實在冷。

家裏的一個女傭挑了兩桶滾水出來，傾在個大木桶裏。豬坐了進去，人把牠的頭極力捺入水中，那顆頭再度出現的時候，毛髮蓬鬆像個洗澡的小孩子。替牠挖耳朵。這想必也是牠生平第一次的經驗。然後用一把兩頭向裏捲的大剃刀，在牠身上成團地刮下毛來。屠夫把豬蹄上的指甲一剔就剔掉了。雪白的腿腕，紅紅的攢聚的腳心，很像從前女人的小腳。從豬蹄上吹氣，把整個的一個豬吹得臌脹起來，使拔毛要容易得多。屠夫把嘴去啣著豬腳之前，也略微頓了一頓，可見他雖然習慣於這一切，也還是照樣起反感的。

旁邊看的人偶而說話，就是估量這隻豬有多少斤重，有多少斤油；昨天哪家殺的一隻有多少斤重，他家還沒殺的那隻有多少斤重。他們很少對白，都是自言自語的居多。一村裏最有聲望的人家的少奶奶發出個問句，都沒有人答理。有一個高大的老人站著看了半天之後，回家去端了個青花碗出來，站在那裏，一壁看一壁吃著米粉麵條。

豬毛有些地方不易刮去，先由女傭從灶上提了水來，就用那沖茶的粉紫洋磁水壺，壺嘴緊挨在豬身上，往上面澆。混身都剃光了，單剩下頭頂心與腦後的一攤黑毛最後剃。一個雪白滾壯的豬撲翻在桶邊上，這時候真有點像個人。但是最可憎可怕的是後來，完全去了毛的豬臉，整個地露出來，竟是笑嘻嘻的，小眼睛瞇成一線，極度愉快似的。

臘月二十七，他們家第二次殺豬。這次不在大門口，卻在天井裏殺，怕外頭人多口雜，有不吉利的話說出來，因為就要過年了。豬如果多叫幾聲，那也是不吉利的，因此叫到後來，屠夫便用手去握住牠的嘴。聽他們說，今天是要在院子裏點起了蠟燭殺的，以為一定有些神秘的隆重的氣氛。倒是把一張紅木彫花桌子掇到院子裏來了，可是一桌子的灰，上次殺那隻豬，大塊的生肉曾經擱在這張桌子上的，還膩著一些油迹，也沒揩擦一下。平常晚上點蠟燭總是用銅蠟台，今天卻用著特別簡陋的一種——一隻烏黑的洋鐵罐生出兩隻管子，一個上面插一隻紅燭。被風吹著，燭淚淋漓，荷葉邊的小托子上，一瓣一瓣堆成個淡桃紅的雛菊。一大束香，也沒點起來，橫放在蠟台底下。

豬的喉嚨裏汩汩地出血，接了一桶之後還有些流到地下，立刻有隻小黃狗來叭噠叭噠吃掉了。然後牠四面嗅過去，以為還有。一抬頭，卻觸到那隻豬蹺得遠遠的腳。牠嗅嗅死了的豬的腳，不知道牠下了怎樣的一個結論，總之牠很為滿意，從此對於那隻豬也就失去了好奇心，儘管在牠腿底下鑽來鑽去，只是含著笑，眼睛亮晶晶的。屠夫把牠一腳踢開了，不久牠又出現在屠夫的胯下。屠夫腿上包著蔴袋作為鞋襪，與淡黃的狗一個顏色。

幾隻雞，先是咯咯叫著跑開了，後來又回來了，脖子一探一探的，提心弔胆四處踏躚。但是雞這樣東西，本來就活得提心弔胆的。

以後，把大塊的肉堆在屋裏桌子上，豬頭割下來，嘴裏給牠啣著自己的小尾巴。為什麼要牠咬著自己的尾巴呢？使人想起小貓追自己的尾巴，那種活潑潑的傻氣的樣子，充滿了生命的快樂。英國人宴席上的燒豬躺在盤子裏的時候，總是口啣一隻蒸蘋菓，如同小兒得餅，非常滿足似的。人們真是有奇異的幽默感呀！

七

閔先生有個叔叔，生著非常厲害的肺病。殺豬的時候他也聳著肩袖著手在旁邊笑嘻嘻站著看。他已經失去了嗓音，但也啾啾唧唧地批評著，說「這隻豬只有前身肥。」他們這一房和閔先生這邊是分炊的，雖住在一所房子裏，也不大有什麼來往，樓上的走廊用一層板壁在中間隔斷了。夜深人靜，我常常可以聽見他的咳嗽——奇異的沒有嗓子的咳嗽，空空的，狹狹的，就像是斷斷續續的風吹到一個有裂罅的小竹管裏，聽得人毛骨悚然，已經有鬼氣了。有時候我也看見他在樓梯腳下洗臉，一隻臉盆放在一張醬紅的有抽屜的桌子上。有一天，一隻母雞四顧無人，竟飛到桌上來，噠噠噠啄著那粉紫臉盆上的小白花，牠還當是一粒粒的米。我看了不知為什麼有一種異樣的感覺。那一剎那好像是在生與死的邊緣上。

閔先生的母親就只他這一個兒子，無論如何要他在家裏過了年再走。過了年，又沒有轎子可乘，轎夫們要休息到年初五。在鄉下過年，沒什麼別的玩的，就是賭。閔先生郎舅每天上三十里外的周村去打牌九，常常一連好幾天不回家，回來也昏天黑地的，就睡了。我想催他們走也沒有機會。閔先生自己也覺得心虛，越發躲著我。我真著急，我簡直想回上海去了——至少我有能力單獨到杭州，從杭州到上海。

在這裏一住就是兩個月……

我的房間裏，臉盆架子底下擱著一罎醬油。陰天，醬油的氣味格外濃烈，早晨彎著腰在那上面洗臉，總疑心是自己身上發出來的。

窗戶正對著山。大開著窗子，天色淡白，棕綠的山崗上一株株的樹，白色的纖瘦的樹根今天看得特別清楚，一個個都像是要走下來，走到人家房間裏來。陰天，戶外是太寂寞。

對門有一座白粉牆的大房子，許多窮苦的人家在裏面聚族而居。時常有人上山打了柴回來，挑著一担柴走進中門。帶著綠葉子的樹柴，蓬蓬鬆鬆極大的兩捆，有兩個人高，像個怪鳥展開兩翅棲在他肩上。他必須偏著身子，試探了半天方才走得進去。

大家從早到晚只忙得一個吃。每天，那白房子噴出白色的炊烟的時候，那就是它「真個銷魂」的時候了。在中午與傍晚，漫山遍野的小白房子都冒烟了，從壁上挖的一個小方洞裏。真有點像「生魂出竅，」「魂飛天外，魄散九霄。」有時候，在潮濕的空氣裏，炊烟久久不散，那微帶辛辣的清香，真是太迷人的。

對門一個匠人在院子裏工作，把青竹竿剖成兩半，削出薄片來。然後他稍微休息了一下。他從屋裏拖出兩隻完工的篾簍，他坐在那裏，對著兩個篾簍吸旱烟，欣賞自己的作品。篾簍用青色與白色的篾片編成青與白的大方格。他們就曉得方格子，穿衣服也是小方格、大方格，像田畦一樣。

他把長條的竹片穿到簍裏去做一個柄。做做，熱起來了，脫下棉襖來，堆在個椅子上。順手拿起一件小孩的紫紅棉袍，也把它掛在椅背上，愛撫地。

有人肩上担著幾丈長的許多竹竿從山上來，走進門，把竹竿掀在地上，豁朗朗一聲巨響。這編籃子的只顧編他的，並不抬頭。他女人抱著孩子出來了，坐在走廊上補綴他卸下的棉襖。兩人都迎著太陽坐在地下，一前一後。太陽在雲中徐徐出沒，幾次三番一明一暗，夫妻倆只是不說話。他女人年紀不上二十，披著一頭烏油油的頭髮，方圓面盤，低蹙的額角，白膩的臉，猩紅的嘴唇。男人相貌也不錯，高個子，只是他剃光的頭上略有幾個瘡疤。

曬著太陽，女人月香覺得腰裏癢起來，掀起棉襖看看，露出一大片黃白色的肉。抓了一會，她疑心是男人的衣服上有蝨子，又把他那件棉襖攤開來看看，然後把他的袖子掏出來，繼續縫補。

男人做好了一隻籃子的柄，把一隻腳踏進去，提起了柄試試。很結實。走過的人無不停下來，把一隻腳踹進去，拎著柄試一試。試完了，一句話也不說，就又走了。

女人端了三碗菜出來，放在露天的板桌上。男人自己盛了飯，倒了一茶盅酒，向小孩叫道：「喂，好來吃飯了嚜！」小孩還不會說話，女人抱著他坐下來吃飯，他不時地把小臉湊到她的飯碗跟前，「唔，唔，唔，」地，扭來扭去不肯安份。男人第一筷先夾了些菜送到小孩口裏。兩隻菜碗裏都是黧黑的，似是鹹菜，還有一碗淡色的不知是魚是肉，像是新年裏剩下來的。男人吃了便把骨頭吐在地下，女人只有趁他去盛飯的時候迅速地連揀了幾筷。一隻狗鑽到男人椅子底下。一根蓬鬆的尾巴，在他的臀後搖擺著，就像是金根的尾巴一樣。

一個嫂嫂模樣的人走過來，特地探過頭來看明白了他們吃的是什麼菜。然後一聲不言語，走了。

金根先吃完，他掇轉椅子，似乎是有意地，把背對著月香，傴僂著抽旱烟。

始終不說話。看著他們，真也叫人無話可說。

意想不到地，他們的屋頂上卻有一些奇特的裝飾品。烏鱗細瓦的盡頭攔著三級白粉矮牆，不知為什麼；每一級上面還搭著個小屋頂，玲瓏得像玉器。每一級粉牆上繪著一幅小小的墨筆畫。一幅扇面形的，畫著琴囊寶劍，一幅長方的，畫著蘭花。都是些離他們的生活很遠的東西，像天堂一樣遠。最上面的一幅，作六角形，風吹雨打，看不清楚了，輕淡極了，如同天邊的微月。

人家畫山，從來不把山上那許多樹都畫上去，因為太臃腫，破壞了山的輪廓，尤其是山頂矗立著的小雞毛帚似的一棵棵的樹。可是從窗戶裏就近看山，那根本就沒有輪廓可言了。晴天的早上，對過的屋瓦上淡淡的霜正在溶化，屋頂上壓著一大塊山，山上無數的樹木映著陽光，樹根細成一線，細到沒有了，只看見那半透明的淡綠葉子，每一株樹像一朵淡金的浮萍，湧現於山陰。這是畫裏沒有的。

山頂的曲線有一處微微凹進去，停著一朵小白雲。昨天晚上這裏有一點亮光，不能確定是燈還是星。真要是有個人家住在山頂上，這白雲就是炊烟了。果然是在那裏漸漸飄散，彷彿比平常的雲彩散得快些。

晴了這些時，今天暖和過份了，也許要下雨了。有一棵樹，樹梢彷彿在冒烟，其實是一群蠓蟲在那裏團團轉地飛。

元旦那天天氣也非常好，只是冷得厲害。我早上爬起來，還當是夜裏下了雪，汙濁的玻璃窗映著陽光，模模糊糊的，雪白的一片。

下午我因為頭痛，一個人出去走走。走出這村莊口上的一座蓬門，就看見亮堂堂的溪水。溪邊石級的最下層，有一個婦人一個女孩蹲在那裏擣衣洗菜。婦人拿起棒槌來打衣裳，忽然，對岸的山林裏發出驚人的咚咚的巨響。我怎麼著也不能相信這不過是迴聲。總好像是那邊發生了什麼大事——在山高處，樹林深處。

近岸的水裏浮著兩隻鵝，兩隻杏黃的腳在綠水裏飄飄然拖在後面，像短的飄帶。兩隻白鵝整個地就像雜誌上習見的題花或是書籤上的裝潢。我不感到興趣。

冬季水淺，小河的中央雜亂地露出一大堆一大堆的灰色小石塊。這不過使我想起上海修馬路的情形。

再過去一段路，有窄窄的一條一條的麥田。我是問過了才知道是麥，才看見的時候還當是「一畦春韮綠」的韮菜呢。短短的一叢叢，綠草似的，種在紅泥地上。忽然之間，太陽隱了去了，綠草葉上少了那一點閃光，馬上就沒有眼神了似的。現在只是一幅紅紅綠綠的幼稚的粉筆畫，畫在馬糞紙上。我小時候就畫過不止一張這樣的圖畫。但是那一小叢一小叢碧綠的麥子，我畫到後來一定會不耐煩起來，最後一定要把筆亂塗亂塗成為飛舞的交疊的大圓圈，代表叢莽。我就連現在，看到這齊齊整整的一簇簇青苗，也還是要著急，感覺到吃力。

回到宅裏來，在洋台上曬曬太陽。有個極大的細篾編的圓匾，直徑總有四尺多，倚在闌干上，在斜陽裏將它的影子投入碩大的米籮。籮上橫担著一扇拆下來的板窗。都是些渾樸的圓形方形，淡米黃的陽光照著，不知為什麼有那樣一種慘淡的感覺。彷彿象徵著最低限度的生活，人生的基本……不能比這個再基本了。

坐在洋台上望下去，天井裏在那裏磨珍珠米粉。做短工的女人隱身在黑影裏，有時候把一隻手伸到陽光裏來，將磨上的一層珍珠米抹抹平，金黃色泛白的一顆顆，緩緩成了黃沙瀉下來。真是沙漠。

八

有一天，閔先生的太太帶我去看新娘子。也是在那麼個聚族而居的大白房子裏。門口的地上晾著一團團的亂草似的淡黃色米粉麵條。又有些破爛的衣袴，洗過了便披在石樁上曬著。

走進去，彎彎曲曲，那些狹窄的甬道，分明是戶內，卻又像是衖堂，討飯的瞎子可以隨意地出出進進，竹竿嘀嘀地敲在地下的石板上，挨戶討酒錢，高聲唸著：「步步好來步步高，太太奶奶做年糕。……」挑著担子叫賣「香油」的也可以一路挑進去。

我們穿過許多院落，來到一座大廳裏。中國的廳堂總有一種蕭森的氣象，像秋天戶外的黃昏。幽暗的屋頂，邊緣上鑲著一隻隻木彫的深紅色大雲頭。不太粗的青石柱子。比廟宇家常些，寒素些；比廟宇更是中國的。我們去早了，站著沒事做，東看西看。原來是文明結婚，正中的牆壁上，在對聯旁邊貼了一張紅紙寫的秩序單：

「一、證婚人入席

一、主婚人入席……」

最後是：

「一、行長輩相見禮、三鞠躬
一、行平輩相見禮、一鞠躬
一、行小輩相見禮、一鞠躬」

代替天然几，上首放著一張長桌子，鋪著藍白格子的桌布。正中擱著個小花瓶。還有一張結婚證書，寫在紅紙上，也攤在桌上。不磕頭不知道為什麼地下還是有一塊薄薄的紅氈，紅呢上面畫出一個老虎皮。

下首，一邊擺兩張方桌，圍著幾張長板凳，有許多小孩子已經坐在那裏了。院子裏又有個供桌，祭天地的，點了香燭，放著三碗食物。靠這邊的一碗，白汪汪的，是一大塊豆腐，上面釘了許多蒼蠅。

賀客都站在廂房門口，笑嘻嘻等候著。內中有一個年青的小學教員，穿著一身黑色西裝，紅天藍色襯衫，襯衫領子翻在外面；胸前佩著紅緞帶，上面寫著「司儀」。他生得小頭小腦，紅馥馥的臉，非常風流自賞的樣子，在那裏取笑今天的新親家姆，把她推推搡搡的。我只聽見他說：「怎麼不是！丈母娘看女婿，越看越有趣嘿！」那老太婆把臉漲得通紅，兩頰是兩個光滑的大核。她也笑，可是笑得很吃力。

要放炮竹了，大人連忙叫小孩子把耳朵掩起來。但並不很響，只聽見拍的一聲，半晌，又炸了一聲，只把院子裏的幾隻雞嚇跑了。

證婚人、主婚人、介紹人都入席了。司儀高唱過了「新郎新娘入席，」半天，還不見動靜。他向左首黑洞洞的甬道裏張望著，又過了半晌，方才走出幾個襤褸的小孩，在裏面看梳妝的。然後方是一對新人，新郎剃著光頭，沉著臉。新娘戴著副眼鏡遮著臉，頭上紮著粉紅綢子，前面摺出荷葉邊，高高插著綢絹花朵，腦後的粉紅綢子披下來有二尺來長。穿著一件赭黃格子布棉袍，是借來的。腳上穿著紅綉鞋。她本是他們家的童養媳，平常挑水打柴什麼都做的，今天卻斯斯文文的，態度很大方。叫鞠躬就鞠躬，叫轉身就轉身。叫「新郎新娘向外立」的時候，卻有一個賀客嫌她立得不對，上前糾正，把她往這邊搬搬，往那邊扳扳，倒反而使她顯得笨手笨腳的。那人是個戴著黑邊大眼鏡的矮子，趾高氣揚的，也穿著西裝，戴著一頂肉紫絨線帽。在一個小地方充大人物的，總是那麼可惡——簡直可殺。

證婚人用印。證婚人是鄉長，一個中等身材的中年人，從灰布長袍裏掏出圖章來。兩個主婚人裏只有一個有圖章，其餘的一個沒奈何，只得走上去在紙上虛虛地比畫了一下。真窘極了。輪到介紹人用印，說過之後也是靜悄悄的半天，兩人沒有一個上去。於是司儀又唱出下一個節目。我真不懂他們為什麼預先也沒有一個商量。為什麼非用印不可呢？想必是因為文明結婚一定要這樣，寧可自己坍台。總之，這世界不是他們的。

證婚人演說。那鄉長似乎是一個沉默慣的人，面色青黃，語聲很低，他說：「……今天，採取的，儀式，既是，合乎，所謂，現代，潮流，而且，又是，簡單，而且，大方……現代，所謂，婚姻……」末了說了聲「完了。」

主婚人沒有演說。司儀剛剛唱出「來賓演說」，那矮子已經矗立在桌子前面，就像是地洞裏鑽出來的。他在求學時代顯然是在學生會裏常常發言的，訓練有素，當即朗朗說道：「今天是菊生先生和秀珠女士結婚的日期，兄弟只有兩個字贈送給他們。哪兩個字呢？這兩個字就是『合作』。合作有幾種不同的合作。哪幾種呢？第一種，是精神上的合作。怎麼樣是精神上的合作呢？……又有心理上的合作……」滔滔不絕地，但最後，說到「此外還有勞力上的合作，」彷彿有些避諱似的，三言兩語便結束了。

司儀倒有半晌說不出話來，定了定神，忙道：「新郎新娘向外立，謝來賓，一鞠躬，」彷佛對大家致歉似的。「行長輩相見禮」時，公推一個老婆婆上去受禮，她推讓再三，方才含羞帶笑的立在上首，不料新郎新娘就只朝她彎彎腰。她一時弄糊塗了，他們鞠到第三個躬上她竟還起禮來。過後她面色好生不快。（照例叩頭應哈腰還禮，∴哈腰，吃虧了）

人群裏有一個抱在手裏的小孩，大家都逗著他，說他今天穿了新衣裳。玫瑰紅的布上印著小白菊花，還是上代的東西，給他改了件棉袍子。抱著他走來走去，屋子裏僅有的一點喜氣跟著他轉。

九

這兩天，周圍七八十里的人都趕到閔家莊來看社戲。閔家有個親戚是種田人，年紀已經望六十了，淡藍布大棉袍上面束著根腰帶，一張臉卻生得非常秀麗文弱，只是多些皺紋，而且眼睛彷彿快瞎了，老是白瞪瞪，水汪汪的；小癟嘴，抄下巴，總是茫然微笑著。他謙讓了半天，方肯坐到飯桌上，捧著飯碗，假裝出吃飯的樣子，時而揀兩粒米送到口裏。閔老太太與少奶奶都在廚房裏忙著，因此也沒有人應酬他。後來老太太出來了，一看見這情形，連忙掇過一張凳子坐在他背後，慇懃地勸酒讓菜，一陣張羅，笑道：「我們到你們家就不像你這樣客氣。我們到你們那裏，又是魚又是肉，又是點心，你到這裏來是什麼都沒有，不過飯總要吃飽的！」她給他揀菜，他極力撐拒。一個冷不防，她把剩下的半碗炒肉絲全都倒到他碗裏去了。他急起來了，氣吼吼兩手按在桌上站起身來，要大家評理，說道：「這……這叫我怎麼吃法？連飯都看不見了嘿！」

他們家又有個朋友來借宿，都叫他孫八哥。一張嘴非常會說，我先還想著也許是因為這個緣故所以叫「八哥」，後來聽見人問候「八奶奶」，方才確定他是行八。若要問起當地的木材、蠶桑、茶山、稅收，各種行情、民情，孫八哥無不熟悉，然而他還是本本份份的，十分和氣。他身材矮小，爆眼睛，短短的臉，頭皮剃得青青的。頭的式樣好像是打扁了的；沒有下頦，也彷彿是出於自衛，免得被人一拳打在下巴上致命的。

他講給閔先生的舅子聽「有一次日本兵從潼縣下來」的故事。那天他正在家裏坐著，他們來了。「……一走就走進來了。領頭的一個軍官開口就問我：『你是老百姓啊？』我說：『是的。』那他又問我：『你喜歡中國兵呢還是喜歡日本兵？』這一問，我倒不曉得怎樣答是好了。我不曉得他到底是中國兵還是日本兵。說的呢也是中國話。」閔先生的舅子便道：「聽他們的口音，一聽就可以聽出來的。」他不知道日本兵的國語與話劇式的國語在鄉下人聽來同樣是官話。孫八哥也並不和他分辯，只把頭點了一點，自管自說下去，道：「噯，聽口音又聽不出來的。只有一個法子，看他們的靴子可以看得出來。噯——兩樣的。不過，不敢看。」他把頭微微向後仰著，僵著脖子，做出立正的姿勢，又微笑著搖搖頭，道：「不敢往底下看。」閔先生的小舅子從此也不屑於插嘴了，只是冷冷地微笑著，由他說下去。他道：「那麼我怎麼回答的呢？我嘆了口氣說：『唉，先生！我們老百姓苦呀！看見兵，不論是中國兵日本兵，在我們也都是一樣的，只想能夠太平就好了，大家都好了！』他聽了倒是說：『你這話說得對！』——難末我就曉得他是日本兵了！」

孫八哥說罷，十分得意，閔先生的舅子只是不作聲，我在旁邊倒很想稱讚他幾句，想想還是不開口的好。因為他對於女人，雖然是很客氣，就連在飯桌上說「慢用」的時候也不朝她們看的。

對門的一家人家叫了個戲班子到家裏來，晚上在月光底下開鑼演唱起來。不是「的篤班」，是「紹興大戲」。我睡在床上聽著，就像是在那裏做佛事——那音調完全像梵唱。一個單音延長到無限，難得換一個音階。伴奏的笛子發出小小的尖音，疾疾地一上一下，吹的吹，唱的唱，各不相涉。歌者都是十五六歲的男孩子罷？調門又高，又要拖得長，無不聲嘶力竭，掙命似的。在大段唱詞之後，總有一陣子靜默，然後隱隱聽見一個人叫道：「老丈請了！」或是：「來將通名！」不慌不忙地交換了幾句套語，然後又靜默了下來。笛子又吹起來，一扭一扭，像個小銀蛇蜿蜒引路，半晌，才把人引到一個悲傷的心的深處。歌者又唱起來了。搬演的都是些「古來爭戰」的事蹟，但是那聲音是這樣地蒼涼與從容，簡直像一個老婦人微帶笑容將她身歷的水旱刀兵講給孩子們聽。

江南這一帶是這音樂的發源地。對過的白房子，在月光中靜靜地開著兩扇大門。月白色的院落上面停著一朵朵淡白的雲。晚上從來沒有像今天這樣的淺色的明亮的藍天。

大門裏忽然走出兩個人，黑暗中只看見他們的香烟頭上的一點紅光。有一個人說：「這種戲文有什麼好看？一懂也不懂的！」是一個年青人的聲音。他們對著牆跟站了一會，想必是撒尿。隨後又進去了。

十

遲到正月底方才上路。閔先生的太太帶著兩個孩子也一同去，她娘家就在×城，她自從嫁到閔家莊來就沒有回去過。臨走那一天早上，我有兩雙襪子洗了搭在椅背上，也忘了帶走。閔老太太特地來提醒我，並道：「出門人手腳要快，心要細。一樣東西丟了，要用起來就沒有了，是不是？」閔老太太這是第一次這樣地教訓我，大概實在是看不過去了。我聽了倒有一種說不出來的感覺——這許多年來一直沒有人肯這樣地說我了。我陪著笑連聲答應著，然而閔老太太向來不等人回答，自管自笑吟吟咭唎谷碌說上一泡，抽身便走，雖然年紀大，腳又小，卻能夠眼睛一霎便走得無影無蹤。我想，這也是她的一種遁世的方法。

一大早上路，天氣好到極點，藍天上浮著一層肥皂沫似的白雲。沿路一個小山岡子背後也露出一塊藍天，藍得那麼肯定，如果探手在那土岡子背後一掏，一定可以掏出一些什麼東西。……山窪子裏望下去，是田地，斜條的一道一道，紅色的鬆土，綠的麥秧，四面圍著山，中間紅紅綠綠的這一塊，簡直是個小花園。

我們坐的轎子是個腰圓形的朱漆木盆，吊在一根扁担上，兩個人挑著。閔太太自己抱著一個吃奶的孩子，倒像是母子同睡一個搖籃。一個大些的孩子，叫他和我坐在一起。他無法拒絕，我也無法拒絕。轎夫把他放在我膝下坐著，我還得用腿夾著他，怕他跌下來。他叫寶楨，生得很清秀，可是給他父親慣得不成樣子，動不動就豎起兩道淡淡的長眉，發脾氣摔東西。我頂不喜歡慣壞的小孩子，他自然也有理由不喜歡我。他平常咭咭呱呱話最多的，現在一連走了十里廿里路，都一聲不響，一動也不動，只偶然探頭向他母親的轎子裏張張，叫一聲「姆媽！」作為無言的抗議。得不到反應，他就又默然低下頭去，玩弄我的氈鞋上的兔子毛，偷偷地扯掉兩撮子。我只看見他腦後青青的頭髮根上，凹進去兩道溝，兩邊兩隻耳朵。他在棉袍上面罩著件赭色碎花布袍，領口裏面露出的頸項顯得很脆弱。我在我兩隻膝蓋之間可以覺得他的小小的身體，鬆籠籠地包在棉袍裏。我總覺得他是個貓或兔子，然而他是比貓或兔子都聰明的一個人。在這一剎那間，我可以想像母愛這樣東西是怎麼樣的。

閔太太的轎子走在前面，她懷裏的孩子睡著了，孩子兜頭蓋著一條大紅綢鑲蘋菓綠荷葉邊的小斗篷，閔太太穿著件翠藍竹布罩袍，她低著頭，一縷長頭髮披在腮上，側影像個蒼白的小姑娘。她坐在木盆裏，頭上的扁担兩頭掛滿了轎夫脫下的棉衣，以及他們的小包袱、旱烟袋、成串的粽子。有一件雪青的棉襖搭在扁担上，遠看十分觸目。整個的轎子搖搖擺擺像一隻花船。有時候轎夫把一隻竹杖向地下一撐，就站住了稍微休息一下。從那邊山頭上望過來，簡直不曉得他們花紅柳綠抬著什麼東西。可能是個裝嫁妝的抬盒，不過在那荒山野地裏，是更像《水滸傳》裏州官獻與太師的「生辰綱。」

那件雪青棉襖，我知道它的主人一定會引以為羞的，因為那顏色男人穿著很特別。果然，後來在一個路亭裏歇腳，一個轎夫將笠帽除下來掛在扁担後梢，順便就向那件棉襖遺憾地瞥了一眼，向同伴們微笑著說道：「這件衣裳難看煞的！我講穿不出去的，二嫂偏說好穿，說已經替我裁好了……」二嫂也許就是他老婆。他的同伴們只是微笑著不作聲，他訕訕的就也住口不說了。

閔先生乘黃包車在後面趕上來，把寶楨抱過去跟他坐，同時把一條濕漉漉的粉紅色毛巾遞給我，說：「這條毛巾是不是你的？我母親叫我帶來給你。」我真覺得難為情，看閔先生的神氣也很尷尬，想必閔老太太總對他說了些什麼話了。我的行李另有一個挑夫挑著，不在我身邊，一條毛巾無處可放，一路握在手裏，冰涼的，就等於小孩子溺濕了袴襠，老是不乾，老有那麼一塊冰涼的貼在身上，有那樣的一種犯罪的感覺。

路上我們遇見迎神賽會。一小隊人，最前面的幾個手執銅鑼，「噹！噹！」一聲一聲緩緩敲著，黃銅鑼正中繪著一個大黑點，那簡單的圖案不知為什麼看著使人心悸。後面有人擎著大旗，神像有四五個，都騎在馬上——不過就是鄉下小孩子過年玩的竹馬，白紙糊的。每一匹馬由兩個人扛著。神像的構造更麻糊了，只露出一張泥塑的大白臉或硃紅臉，頭上兜一幅老藍布作為風帽，身上兜一幅青花土布作為披風，看上去就像是雙手挽著馬轡，倒是非常生動。內中有一個算是女的，沒有三綹長鬚，白胖的長長的臉，寬厚可親，頭戴青布風帽，身上披著一幅半舊的花洋布褥單，白布上面印著褪色的棗紫小花。人比馬要大得多，她的披風一直罩到馬腿上。她對於這世界像是對於分了家住出去的兒子媳婦似的，也不去干涉他們，難得出來看看，只是微微笑著，反而倒使人感到一陣心酸。中國的神道就是這樣。

再過去，迎面又來了另一個村子裏的一列尊神，卻是比較富麗的。粉紅綢鑲邊的蘋菓綠緞子三角旗掩映之下，神像也是遍體綾羅，有的頭插雉尾，如同周瑜，太像戲子了，我覺得倒還是這邊的印象派的大布娃娃更有人情味。兩邊的神像會串起來，竟在道旁一塊小小的空地上大跑圓場，「哐哐哐哐」打著鑼，零零落落地也聚上一些人在旁邊看。神像裏也有濃抹胭脂的白袍小將，也有皂隸模樣的，穿著件對襟密鈕紫鳳團花緊身黑襖，一手扠腰，一手掄開五指伸出去，好似一班教頭在校場上演武，一個個盡態極妍地展覽著自己，每一個都是一朵花，生在那黃塵滾滾的中原上。大約自古以來這中國也就是這樣的荒涼，總有幾個花團錦簇的人物在那裏往來馳騁，總有一班人圍上個圈子看著——也總是這樣的茫然，這樣的窮苦。

十一

傍晚我們來到縣城裏，在閔先生一個朋友家裏投宿。那是一個大雜院似的地方，縣裏的郵政局就設在這裏面的東廂房裏。這真是一個奇異的院落，一進大門，先攔著一個半西式的照壁，是一堵淤血紅的粉牆，輪廓像個波浪形的穹門，邊緣上還堆出奶油式的白色雲頭鑲邊。院子裏走進去，四面抄手遊廊，也是淤血紅的牆壁，窗台底下的一截卻是白的，白粉上面刷出灰色的雲烟，充作大理石。真是想入非非。

閔先生把我們的行李送到一間小小的廂房裏。房間裏漆黑的，一個老媽子拿了一隻蠟台來，放在八仙桌上，照見桌上濕膩膩的，彷彿才吃過飯抹過桌子，還有一堆魚骨頭。那老媽子便用油腥氣的飯碗泡上茶來。

閔先生嫌這地方不大好，待要住到另一個親戚家去，行李搬起來又太費事。我自告奮勇單獨住在這裏看行李，可是我沒想到我這一夜是同許多老鼠關在一間房裏。老鼠我不是沒看見過的，但只是驚鴻一瞥。小時候有一次搬家，傭人正在新房子裏懸掛窗簾，突然叫了起來道：「這麼大的老鼠！喏！喏！」把手一指，我看見窗簾桿上跑掉了一個灰黃色的動物，也沒來得及看清楚，只恨自己眼力不濟。今天晚上，也還是沒看見。蠟燭點完了，床肚底下便「吱吱」叫起來，但是並沒有鬼氣，分明是生氣勃勃的血肉之軀，而且，跟著就「噗隆隆噗隆隆」奔馳起來，滿地跑，腳步重得像小狗，簡直使人心驚肉跳。這種生活在腐蝕中的小生命，我可以聞見牠們身上的氣味直撲到人臉上來——這黑洞洞的小房間實在是太小了。

我忽然想起來，床前的一隻小櫥上還放著寶楨吃剩的兩隻蘇餅——那可恨的寶楨！老鼠為蘇餅所引誘，也許真的要跳到我臉上來了！我連忙坐起來，摸黑把那兩隻蘇餅放到八仙桌上，推到最遠的一角。又想了一想，把我的一雙氈鞋也從地下撈了起來，擱在小櫥上。開扇窗戶罷，免得老鼠以為這小世界統統是牠們的。我跪在床上，把紙糊的窗槅子往一邊推過去，頓時露出一片茫茫的水——難道這房子背後是沿河的？黑暗的水面上隱隱傳來蒼涼的鑼聲，不知什麼戲院在那裏唱戲。暗沉沉的無邊的水，微涼的腥風柔膩地貼在我臉上。我跪在窗前，怔了一會，又把窗戶關了。

現在就希望這床上沒有臭蟲。是一張舊洋式棕漆大床，鋪著印花床單，我把自己的褥單覆在那上面。我沒有用他們的枕頭。那髒得發黑的白布小枕頭，薄薄的，膩軟的小枕頭，油氣氤氳……如果我有一天看見這樣的東西就逕自把疲倦的頭枕在上面，那我是真的滿不在乎了，真的沉淪了。

我睡了不到四個鐘頭，天不亮就起來了。閔先生和閔太太姐弟也都來了，趕早去包了一部小汽車上路。這一帶的公路破壞得很厲害，電線桿子都往一邊歪著。赤紅的亂山裏，生著慘綠的草木。高岡上有小兵一連串走著，有的看上去只有十四五歲，揹著包袱，揹著鍋。偶而有一兩個老資格的兵士，晃著膀子，無惡不作的樣子，可是在這地方也無惡可作。土岡腳下炸出一個個沙發式樣的坑穴。疲倦到極點的人也許可以在那裏坐坐、靠靠，但是，不行，坐在裏面一定非常不舒服，更使人腰痠背痛。

我坐在汽車夫旁邊，這車夫是個又黑又瘦的老頭子，可是我想他那一張臉很「上鏡頭，」眉目濃，長睫毛，老是皺著眉頭微微笑著。他們這部車子是Buick牌子，從來不拋錨的。然而，走到半路上，拋錨了。他也只是皺著眉微笑著，說了一句上海最時髦的口頭禪：「傷腦筋！」他有一個助手立在外面的踏板上，一個胖墩墩的漢子，也不知為什麼他總是氣烘烘的，紅頭漲臉，兩眼突出，滿腹冤枉的樣子。有時候是那「司機」錯怪了他。有一次是前面的一部大卡車開得太慢，把路堵住了。他儘管向前面吶喊著，把喉嚨都喊啞了，前面車聲隆隆，也聽不見。後來好容易到了個轉彎的地方，那卡車終於良心發現了，讓我們先走一步。那助手便向司機道：「我們也開得慢些，給他們吃灰。」司機點點頭。助手一隻手臂攀住車窗，把身子扭過去往後看著，笑嘻嘻地十分高興，忽然之間又紅著臉大喝一聲道：「觸那！也給你們吃點灰！」

不盡的風沙濾過我的頭髮，頭髮成了澀澀的一塊，手都插不進去。

汽車停下來加煤。我急著要解手，煤棧對過有個茅廁，孤伶伶的一個小茅亭，築在一個小土墩上，正對著大路。亭子前面掛著半截草簾子。中國人的心理，彷彿有這麼一個簾子，總算是有防嫌的意思；有這一點心，也就是了。其實這簾子統共就剩下兩三根茅草，飄飄的，如同有一個時期流行的非常稀的前劉海。我沒辦法，看看那木板搭的座子，被尿淋得稀濕的，也沒法往上面坐，只能站著。又剛巧碰到經期，冬天的衣服也特別累贅，我把棉袍與襯裏的絨線馬甲羊毛衫一層層地摟上去，竭力托著，同時手裏還拿著別針、棉花，腳踩在搖搖晃晃的兩塊濕漉漉的磚頭上，又怕跌，還得騰出兩隻手指來勾住亭子上的細篾架子。一汽車的人在那裏等著，我又窘，又累，在那茅亭裏掙扎了半天，面無人色地走了下來。

汽車行駛不久又拋錨了，許多小孩都圍上來看，發現他們可以在光亮的車身上照見自己的影子，他們用咭唎谷碌的土白互相告訴，一個個都擠上來照一照，吃吃地笑了。還有一個男孩，蹲下身去，兩手按在膝上，對著裏面做鬼臉，大家越發鬨堂。這時候車夫正鑽在車肚底下修理機器，那助手走了過來，一聲吆喝，小孩們把身子挫了一挫，都不見了。然而並沒有去遠，只跑到公路旁邊的土溝子裏站著，看這人走開了，就又擁上前來，嘻嘻哈哈對著汽車照鏡子，彷彿他們每個人自己都是世界上最滑稽的東西。

在美國新聞記者拍的照片裏也看見過這樣的圓臉細眼的小孩——是我們的同胞。現在給我親眼看見了，不由得使我感覺到：真的是我們的同胞麼？

有一個女孩子，已經做了母親了，矮矮的壯實的身材，蠻強的臉，頭髮剪短了，戴著個大銀項圈，穿著件黑地紅絲格子布襖。她抱著孩子，站在那裏，癡癡地看著汽車，歪著頭，讓小孩伏在她肩上，安全地躲在她頭髮窠裏。她那小孩打扮得非常華麗，頭戴攢珠虎頭帽，身穿妃色花緞小馬褂，外罩一件三截三色的絨線背心。他們這些人只有給小孩子打扮是捨得花錢的，給孩子們裝扮得美麗而不合實際，如同人間一切希望一樣地奢侈而美麗。

野地裏有一條彎彎曲曲的小道。遠遠地來了一個老頭子，手挽著一隻籃子，腰上繫著一條打襉的青布圍裙，那姿態很有一點姑娘氣。他用細碎的步子在那羊腸小道上走著，扭扭捏捏的。他也來看汽車，驚異地微笑著，張著嘴。他的臉是清秀的小長臉。在那裏站了半天，看得心滿意足，終於不得不走了。他在那蜿蜒的小路上搖搖擺擺走著，彷彿應當有小縷的音樂像蝴蝶似地在他的裙幅間繚繞不絕。走著走著，他忽然轉過整個的上身，再向汽車看了一眼，他的面部表情原來一點也沒有改變，仍舊是驚異的微笑。然後又走了。走走，又回身看了看汽車——仍舊張著嘴，張大了眼睛微笑著。

汽車老是修不好，車夫把我的座位上的木板打開，拿下面的修理器械。我被攆下車來，便走到前面的一座橋上散步。極大的青石橋，頭上的天陰陰地合下來，天色是鴨蛋青，四面的水白漫漫的。下起雨來了，毛毛雨，有一下沒一下地舐著這世界。我有一種奇異的感覺，好像是《紅樓夢》那樣一部大書就要完了的時候，重到「太虛幻境」。我一步步走到橋心，回來看看汽車還在修，只得再往那邊走過去。這橋上鋪的石板，質地都很堅實，看得出來是古物。石闌干便已經經過修理了，新補上去的部份是灰白色的，看上去粗劣單薄，嵌在那裏就像假牙一樣。

十二

在一家茶館裏等著上公共汽車，用白磁描金的高高的漱盂喝茶。這家茶館裏也可以吃飯的，我們每人吃了碗麵，閔先生看著價目單，笑道：「我們越吃越便宜了！」——好像我們的旅行是一路吃過去的，如同春蠶食葉。

隔壁的一張桌子上有三個流亡學生在那裏吃麵。內中有一個矮個子的，穿著絮棉花的灰布軍裝大衣，汙舊的黑絨翻領；耳後的頭髮留得很長的沒剪，一臉黃油，闊臉大嘴，鼻孔朝天，小眼珠子滴溜溜地轉。他吃完了抹抹嘴，那神氣非常老練，可以料想到他給起小賬來一定不多不少，使堂倌不會向他道謝，然而也無話可說。

他只管向我們這邊桌上打量著，閔先生和他的舅子出去張羅行李去了，他便搭訕著問我們是到哪裏去的，閔太太只含糊地答了一聲「×城，」這人自言自語地計算著里程，道：「到×城……從這裏走是繞了路了！……我們是到××。這回我是兜了個大圈子，從上海跑了來。」他有個同伴問他「上海的電影票現在是什麼價錢？」他說：「八百塊。你不要說——也要這個價錢的！單是那彈簧椅子就值！你在重慶，在昆明，三十塊、四十塊看一場電影的也有，那椅子你去坐個幾個鐘頭看！——兩樣的喲！」他的兩個同伴吃完了麵，從小籐箱裏取出撲克牌，三人玩起牌來。怎麼這樣地面目可憎呢？我想。學生們一旦革除了少爺習氣，在流浪中吃點苦，就會變得像這樣？是一個動亂時期的產物吧，這樣的青年。他們將來的出路是在中國的地面上麼？簡直叫人担憂。

茶館裏的老闆代辦車票，忙出忙進，他是大個子，長臉大嘴，相貌猙獰，向客人們吃力地媚笑著，叫他們放心，一切都在他身上。最後，把客人與他們的行李全都送進公共汽車了，他立在車窗外面等著，收領票錢茶錢麵錢賞錢這筆籠統的款子。千鈞一髮，公共汽車嗡嗡地響著，馬上就要開了。他這時候突然沉下臉來，一雙小眼睛目光炯炯注視著人家手裏，全靠他的意志力來控制著車窗裏的客人。這事情真難——人已經在他的勢力範圍之外了。他一個個地分別向他們報賬，收錢，車就要開了，就要開了。……他是比外國的首相更是生活在不斷的危局中的，他也不得心臟病或神經衰弱症。

車上來了個漂亮的女郎，長身玉立，俊秀的短短的臉，新燙了一頭細碎的鬈髮，穿著件蘋菓綠薄呢短大衣。正因為她不太時髦，倒越發像個月份牌美女，粉白脂紅，如花似玉。她拎著個小皮箱，大概總是從城裏什麼女學校裏放假回家，那情形很像是王小逸的小說的第一回。她找了個座位坐下，時而將一方花紗小手帕掩住鼻子，有時候就光是把手帕在鼻子的四周小心地擻兩擻。一部「社會奇情香艷長篇」隨時就可以開始了。

閔太太很注意她的頭髮，因為閔太太自己雖然總是咬緊牙關說不要燙，其實也還是在考慮的過程中。見到那女人新燙的頭髮，有點觸目驚心，她低低地叫了閔先生一聲道：「阿玉哥！燙了頭髮難看死了呵？」閔先生當時沒說什麼，隔了許多日子之後，有一天閔太太和我又提起這公共汽車上的倩女，大家都印象很深。閔先生卻批評說：「嘴唇太薄了，也太闊。下巴也太方。」我很詫異地說：「你簡直沒大朝她看嘿，倒觀察得這樣仔細，我真是佩服。」閔先生笑道：「不，哪裏！我想……大約因為是男人看女人的緣故吧？」

半路上據說有一個地方是有著名的餅的。公共汽車一停下，我們就扒在窗口看，果然有賣點心的，是一種半寸高的大圓盆子餅，比普通北方的烙餅還要大一圈，麵皮軟軟地包著裏面的鹹菜碎肉。大家搶著買，吃了卻說「上當上當！」除了鹹之外毫無特點。閔太太擘了半個給懷中抱的小孩子玩，鹹菜與肉釘子紛紛滾下來，落到我們膝上。公共汽車繼續進行，肌肉「哆哆哆哆」顛動著，漸漸只覺得我們有一個尻骨，尻骨底下有一個鐵硬的椅子。

本來已經擠得滿坑滿谷，又還擠上來一批農夫。原有的乘客都用嗔怪的眼光看著他們，他們也彷彿覺得很抱歉，都陪著笑臉，小心翼翼的。半路上，車廂裏的空氣突然惡化，看樣子一定是他們這一群裏有一個人放了屁。可是他們臉上都坦然。他們穿著厚墩墩的淡藍布棉袍，紮著腰帶，一個個都像是他們家裏的女人給包紮的大包袱，自己知道裏面絕對沒有什麼違禁品的。但實在臭得厲害。有一個小生意人點起一根香烟抽著，刺鼻的廉價紙烟，我對那一點飄過來的青烟简直感覺到依依不捨。

那些小生意人，學到城裏人幾分「司麥脫」的派頭，穿著灰暗的條子充呢長衫，在香烟的霧裏微笑著。他們儘管是本地人，卻不是「屬於土地」而是屬於風塵的。

公共汽車的終點在××。到了這裏，我們真是「深入內地」了吧？黃包車谷碌碌地在鵝卵石小衖堂裏拖著，兩邊的高牆上露出窄窄的一道淡藍的天，牆頭上也偶然現出兩棵桃樹的枯枝。我到這地方來就像是回家來了，一切都很熟悉而又生疏，好像這凋敝的家裏就只剩下後母與老僕，使人只感覺到惆悵而沒有溫情。

黃包車夫腳上穿著乾乾淨淨的黑布鞋白布襪，身上的棉襖棉袴也穿得齊齊整整的，如同大戶人家的家丁。一提起「薛家」都笑嘻嘻地說「認得認得，」馬上轉彎抹角拉了去。來到薛家，一個丫頭接了介紹信進去，等了一會，他們少爺出來了，是一個瞇縫眼的小白臉，立在台階上和閔先生客氣了一番，說剛巧他們家小孩出疹子，怕要傳染，還是住到縣黨部裏去罷，縣黨部裏他有熟人，絕對沒問題的。

黃包車又把我們拉到縣黨部。這是個石庫門房子。一跨進客堂門，迎面就設著一帶櫃枱，櫃枱上物資堆積如山，木耳、粉絲、筍乾、年糕，各自成為一個小丘。這小城，沉浸在那黃色的陽光裏，孜孜地「居家過日子」，連政府到了這地方都只夠忙著致力於「過日子」了，彷彿第一要緊是支撐這一份門戶。一個小販挑著一担豆腐走進門來，大概是每天送來的。便有一個黨部職員迎上前去，揭開抹布，露出那精巧的鑲荷葉邊的豆腐，和小販爭多論少，雙眉緊鎖拿出一隻小秤來秤。

櫃枱裏面便是食堂，這房間很大。這時候天已經黑下來了，點起了一盞汽油燈，影影綽綽照著東一張西一張許多朱漆圓桌面。牆壁上交叉地掛著黨國旗，正中掛著總理遺像。那國旗是用大幅的手工紙糊的。將將就就，「青天白日滿地紅」的青色用紫來代替，大紅也改用玫瑰紅。燈光之下，嬌艷異常，可是就像有一種善打小算盤的主婦的省錢的辦法，有時候想入非非，使男人哭笑不得。

我們被安置在樓上臨街的兩間房裏，男東女西，都有簇新的棉被與舖板。放下了行李，洗洗臉，下樓吃飯。菜燒得很入味，另有一隻火鍋子，說是薛家少爺叫菜館子裏給送來的。我們大家都喃喃地說這人真太客氣了。有點恍恍惚惚地，在那妖艷的國旗下吃了一頓飯。

明天就是元宵節。今天晚上街上有舞獅子的，恰巧就在我們樓窗底下，我們伏在窗台上，看得非常清楚。一個賣藝的，手牽著兩根線，兩隻手稍稍一上一下動著，就使那青綠色的獅子在三尺外跳躍著，撲到一隻燈火通明的白紙描花亭子裏去，追逐一隻彩球。那球一彈彈了開去，獅子便也蹦回來了。再接再厲，但一次次總是撲了個空，好似水中捉月一樣地無望。大鑼大鼓敲著：「斤——公——斤——公——」那流麗的舞，看著使人覺得連自己也七竅玲瓏起來，連耳朵都會動了。……是中國人全民族的夢。唐宋的時候，外番進貢獅子，裝在檻車裏送到京城裏來，一路上先讓百姓們瞻仰到了，於是百姓們給自己製造了更可喜的獅子，更合理想的，每年新春在民間玩球跳舞給他們看，一直到如今。仍舊是五彩輝煌的夢，舊夢重溫，往事如潮；街上也圍上了一圈人，默默地看著。在那淒清的寒夜裏，偶而有歡呼的聲音，也像是從遠處飄來的。

十三

次日天明起身，薛先生自己沒來送行，卻把這裏的飯錢替我們開銷掉了，又給僱好了幾輛獨輪車。閔先生的舅子一定是覺得只有鄉下女人回娘家才乘那種二把手的小車，他穿著一身雄糾糾的青年裝，猴在上面太不是樣，因此堅持著要另僱一輛黃包車。黃包車不好拉的地方，他寧可跳下來自己走。

閔太太和我合坐一輛獨輪車，身上墊著各人自己的棉被，兩隻腳筆直地伸出去老遠，離地只有兩三寸，可是永遠碰不到那一望無際的蒼黃的大地。那曠野裏地方那麼大，可是獨輪車必須彎彎扭扭順著一條蜿蜒的小道走，那條路也是它們自己磨出來的，僅僅是一道極微茫的白痕。車子一歪一歪用心地走它的路，把人腸子都嘔斷了，喉嚨管癢梭梭地彷彿有個蟲要順著喉管爬到口邊來了。閔太太忍不住問車夫：「你說到永嘉一共有多少路？」照車夫的演算法，總比別人多些，他說：「八十里。」閔太太問：「現在走了有幾里了？」車夫答道：「總有五里了。」過了半天她又問：「現在走了有多少里了？」車夫估計了一下，說：「五里。」閔太太鬧了起來道：「怎麼還是五里？先就說是五里……」車夫不作聲了。

閔太太懷中抱著的小孩老是要把一隻腳蹬到車輪裏去。閔太太得要不停地把他的腿扳回來。他屢次被阻撓，便哭了起來。我說：「要不要讓他頭朝這邊睡？或者我同你換一邊？」閔太太說：「不行，還非得這樣不可呢！不然我餵奶不方便，我一隻手臂撐不開來。我的鈕扣又在這邊。」正說著，一個冷不防，小孩已經把腳插到車輪裏去了，閔太太來不及地叫車子停下來，早已哭聲大作。閔太太竭力替他揉著，不住口地哄著他：「看誰來了！快看，看那邊王媽來了！王媽，快來抱維楨！」小孩還是哭，她連忙改口道：「呵，呵，呵！不要王媽抱！我們要外婆抱！外婆呢？——咦，這是什麼？牛啱！快看——牯牛啱！」路上當真有幾隻水牛，也並不在那裏吃草，只是凝立著，卻把人不瞅不睬。那小孩含著晶瑩的眼淚與鼻涕，向牠們注視著。閔太太便用極柔媚的聲調代他自我介紹道：「牛！我是維楨！」我覺得她這句話精彩極了，是一切童話的精髓。

遇到鄉下人趕集，挑著担子，兩頭都是些籮筐，一頭裝著雞鴨，一頭裝著個小孩，想必因為丟他在家裏沒有人看管，只好帶他出來，他兩手攀著竹筐的邊緣，目光灼灼地望著我們。閔太太向我說：「你看那隻羊的肚子！——給它塞了多少東西進去。」那小羊身子底下晃晃盪盪吊著個大石頭似的肚子，然而還是跳跳縱縱的，十分愉快，好像上公園裏玩似的。棕色的草屑上，朝露還沒乾。這曠野是很像冬天的公園。

太陽漸漸高了。我沒想到冬天的太陽會那麼辣。我沒帶傘，也沒有草帽，只得仰起頭，索性迎著太陽，希望它曬得勻一些，否則一定要曬成花臉。我閉上眼睛，一隻手緊緊地攥住車輪邊上的一隻木桿，因為坐在上面老是滑溜滑溜地像要掉下來。兩隻腳雖然離地不到三寸，可是永遠是懸空的。四面海闊天空，只有十萬八千里外的一個灼熱的銅盆大小的太陽是一個確實存在的東西，和我臉對臉，面紅耳赤地遙遙相對。

坐久了，閔太太比我更吃力，她還抱著個孩子。看見那邊來了個獨輪車，車上把箱籠堆得老高的，一個男子抱膝坐在上面，非常舒服的樣子，閔太太便道：「我們也應當像那樣坐就好了。照那樣，我們也要不了這麼些車子。」她別過頭去向那推著一車行李的車夫說道：「你看人家一輛車子有多麼重！你這個多省力——還抱怨！」這車夫年紀只有十八九歲模樣，細條條的身子，小長臉，狡黠的黑眼睛，濃眉毛。他的幾個同伴都是老實人，只有他，處處抓尖，一會又要換個車子推，一會又要歇歇腳。他聽了這話，只笑了笑，撇著閔太太的諸暨口音答道：「像那樣是推不來的！」閔太太道：「那人家怎麼推的？」他道：「他們那是木輪子，像我們這是橡皮輪子，壓得太重了要彎掉的！嗨！」正說著，又來了一輛堆積如山的獨輪車，經閔太太指出，他們也是和我們一樣，在木製的車輪上面配了一圈橡皮。

我一直閉著眼睛，再一睜開眼睛，卻已經走上半山裏的一帶堤岸，下面是冷豔的翠藍的溪水，銀光點點，在太陽底下流著。那種藍真藍得異樣，只有在風景畫片上看得到，我想像只有瑞士的雪山底下有這種藍色的湖。湖是一大片的，而這是一條宛若遊龍的河流。叫「麗水」，這名字取得真對。我自己對於遊山玩水這些事是毫無興趣的，但這地方的風景實在太好了，只要交通便利一點，真可以搶西湖的生意。當然這地方在我們過去的歷史與文學上太沒有淵源了，缺少引證的樂趣，也許不能吸引遊客。這條溪——簡直不能想像可以在上面航行。並不是沒有船。我也看見幾隻木排緩緩地順流而下，撐篙的船夫的形體嵌在碧藍的水面上，清晰異常。然而木排過去了以後，那無情的流水，它的回憶裏又沒有人了。那藍色，中國人的磁器裏沒有這顏色，中國畫裏的「青綠山水」的青色比較深，〈桃花源記〉裏的「青溪」又好像比較淡。在中國人的夢裏它都不曾入夢來。它便這樣冷冷地在中國之外流著。

那滑頭的車夫唱唱嘍嘍地走在我們前面，他穿著短袖汗衫，袴帶裏掖著一條粉紅條子的毛巾，直柳柳的腰肢左右搖擺著。他唱的那種小調，永遠只有那麼一句，那調子聽上去像銀鍊子的一環，像一個8字，迴環如意。路遠山遙，烈日下的歌聲明亮而又悲哀。

獨輪車在黃土道上走著，緊挨著右首幾丈高的淡紫色的巖石，石頭縫裏生出叢樹與長草。連台本戲裏常常有這樣的一幕佈景的，這巖石非常像舊式舞台上的「硬片——」不知道為什麼有那樣一種不真實的感覺。有一處山石上刻著三個大字，不記得是個什麼地名了，反正是更使人覺到這地方的戲劇性，彷彿應當有些打扮得像花蝴蝶似的唱戲的，在這裏狹路相逢，一場惡鬥，或者是「小團圓，」骨肉巧遇，一同上山落草。

那滑頭的車夫這時候又換過來推我們的一輛車。他一個不小心，一隻車槓脫了手，獨輪車往右一歪，把我拋出去多遠。我兩隻手撐在地上，趕緊爬了起來，撲了撲身上的灰。我覺得我如果發脾氣罵人，徒然把自己顯得很可笑，而且言語不通，要罵也無從罵起。閔先生夫婦倒著實吃了一驚，閔先生在後面趕上來問：「跌痛了沒有？」我只得笑著說：「還好，不痛。」閔先生申斥了那車夫幾句，我向閔太太道：「還幸而是我這邊，要是往那邊跌下去，那可不得了。你還抱著個孩子，掉到水裏去怎麼辦？」閔太太也覺得胆寒，再三告誡車夫，那車夫笑嘻嘻地兀自嘟囔著：「我不過抬起手來擦了擦汗……」閔太太恨道：「他還說他不過擦了擦汗！」因向他大聲道：「你就是不可以擦汗的！曉得嗎？」

獨輪車一步一扭，像個小腳婦人似的，扶牆摸壁在那奇麗的山水之間走了一整天。我對風景本來就沒有多大胃口，我想著：「這下子真是看夠了，看傷了！」

天快黑的時候，來到一個小縣城。進城的時候，可以分明地覺得「人烟」漸漸稠密起來，使人感到親切。此地的房屋都是黑蒼蒼的，爛泥堆成的。小屋旁邊有豬圈，閔太太對於豬隻很是內行，因為她婆家那邊是豬肉特別好的地方，舉國聞名的。她很感興趣地觀察著，說：「這裏的豬倒是肥！房子蹩腳的！」一排小店，都只有一間黑色的爛泥房子，前面完全敞著，裏面黑洞洞的，而且濕陰陰的如同雨後。一個皮匠掇隻板凳坐在門首借著天光做工，門板上掛著一盞花燈，就在他頭上。一朵淡紅色的大花，花背後附著一個球形的燈籠殼子，還沒點上火。那燈籠太大太累贅了，看上去使人起反感，就像有一種飛蛾，在美麗的雙翅之間夾著個大肚子。家家門上都掛著一盞燈，多數是龍燈——龍身的一部份，二尺來長的一段，木強地彎曲著，倒像一撅一撅炸僵了的鱔魚。閔太太見了便道：「這地方的龍燈太蹩腳了！」她又回過頭去甜蜜地微笑著向閔先生叫道：「阿玉哥！今天是元宵節呢！」

今天是元宵，那傴僂著坐在門口做工的，等一會還要去耍龍燈，盡他的公民的責任。如同《仲夏夜之夢》裏的希臘市民。真是看不出，這黑眉烏眼的小城倒是個有古風的好地方。

閔先生找到的一家旅館，倒是堂皇得出人意料之外。是個半洋式的大房子，坐落在水濱。走進去，有一間極大的客室，花磚鋪地，屏條字畫，天然几，一應俱全。有一桌人在那裏吃飯，也不像是客人，也不像是旅館業的人，七七八八，有老婆子，有餵奶的婦人，穿短打的男人，圍著個圓桌坐著，在油燈的光與影裏，一個個都像凶神似的，面目猙獰。缺乏瞭解真是可怕的事，可以使最普通的人變成惡魔。

樓上除了住房之外還有許多奇異的平台，高高下下有好些個，灰綠色水門汀砌的方方的一塊，洋台與洋台之間搭著虛活活的踏板。從那平台上望下去，是那灰色的異鄉；渾厚的地面，寒烟中還沒有幾點燈火。

店小二拿著一盞油燈帶路，來到我們的房間裏。那油燈和江南的大有分別，是一個小小的木筒，上面伸出個黑鐵的小尖嘴，嘴裏一汪油，浸著兩根燈芯。閔太太見了笑道：「阿玉哥！他們這種

編註：原稿至此中斷。

附錄三．紐英倫……中國

紐英倫……中國[1]

【翻譯】鄭遠濤

白雪皚皚的紐英倫映在公共汽車的窗子裏，猶如中國畫卷無盡地展開：黑墨繪成的枯樹禿林，筆觸半乾，其餘是天和雪的大片留白。遠處偶爾有一團迷濛的山影。我在中國也曾經看見一些景致像國畫的地方，但是從來沒有見過這樣連綿不知多少英里的純然的風景，沒有稻田，沒有屋舍，沒有墳堆，沒有水車，極目無人。路上只見小汽車循著轍痕急匆匆地呼嘯而去，任何車中人也隱沒在金屬與玻璃與速度之下。長日漫漫，那荒涼越發顯得不祥。是天寒地凍才沒有行人？連個順風車搭客也不見。人人都有汽車？前不久香港有個男子開著私家車，從路人身上奪去一支自來水筆，各報輿論嘩然，納罕一個大闊人何以至此。

香港的報紙還講過一個穿達克綸西裝的人在商店行竊，連講了好幾天。香港這座城也許見慣世面，但是仍舊有幾件事物會令居民們大開眼界。一棟寫字樓新落成，裝了自動扶梯，天天有一大群人慕名而至，就為了乘免費的扶梯上上下下。管理公司有意約束，貼出告示禁止穿拖鞋者搭乘扶梯，因為甩動的鞋底容易卡在梯級之間。

我讀到當然笑起來。我生長的城市上海多年前就有自動扶梯了。身為上海人，我在紐約時沒有覺得那城市像紐英倫這樣陌生。公共汽車將我帶往紐英倫腹地的一個小鎮，晚上到站。司機從行李艙取出我那幾口箱子，擱在街心。

「我去哪裏叫計程車？」我問。

「到裏頭打電話叫車，」他指了指旁邊的小酒館。

我彎下腰來提箱子。

「可以就擱在這兒，」他說。

我猶豫，不想露出猜疑的樣子叫人家丟臉。把箱子丟棄在一條燈光黯淡的空街上？要是他將箱子放回車中揚長而去怎麼辦？我兩手空空走向那座房子，感到無論什麼事落到我頭上也是活該的。

一輛雪橇的剪影站在廊上。我推門進屋，圍火取暖的老人們掉過頭來看我。錫鍋與長柄黃銅暖盤架在火塘上閃閃發光，兩旁有些高腳櫥、矮腳櫥。這些男子打量我的眼神裏並沒有驚異，彷彿天天會有一個中國女人走進來。

「能不能借用你們的電話？我想叫部計程車。」

當中一個站起來，喃喃說了聲「我來」，走出了房間。

我等著，惴惴然惦記路中央的行李，不久也開始疑心我聽懂了沒有：他是要去替我打電話吧？那會不會是他攔阻我借用電話的一個花招？他們有付費電話間麼？也許我應當把話說明白：怎樣我都會付通話費。

那人沒回來計程車就到了，倒也不曾撞翻街心的行李。公共汽車早已駛離。從那時候起，我漸漸曉得包裹甚至於錢包都可以留在街沿。孩子進了屋，人行道上散落著他們昂貴的玩具。鐵製或塑料的休閒椅與餐桌在戶外過夜，四周沒有圍牆。我在鎮上已經住了兩年，一次也沒有鎖過前門，不由得想到中國古代。就是古時，也得靠孔子本人才達到過這個境界。孔子治理魯國時第一次將教誨付於實踐，三個月後「路不拾遺，夜不閉戶」。一旦孔子被黜，這種狀態就崩潰了。

不過，也唯有在古中國我才找到匹敵於紐英倫人的克制與無求。據說中國人高深莫測，紐英倫人也相差無幾。店家在沒有做生意的時候最好相處。鞋舖答應替我訂購一雙涼鞋，笑容可掬地哄了我一夏天，始終未下訂單。我以為自己跟本地的搬家工已經說好，由他去紐約提領我的東西。他按時南行，帶了妻子去兜風度假，穿過紐約城，由於清晨在街上違規泊車而被罰款，回來對我一句話不說，細問下去，也只告訴了我以上的遭遇。有時我不禁生疑，也許他們這種淡泊金錢是為了保全面子，因為這些人大多既不富裕，又發達無望。也說不定是由於這一帶獨特的地方傳統，有「人人都得工作」的觀念。為了免受「沒事做」之恥，才義不容辭地以各種行當來掩飾自己的退休生活，哪怕他們天生就是退了休的。

繁忙的營業場所只有免費的圖書館，以及虧錢的郵局。服裝店唯一僱的職員也是冗員。店主雖然精明，有力無處使，只好尾隨難得進來的顧客，箭步跑來跑去盡快熄燈。那職員憑他一人的薪水養起一大家子，閒來獵鹿，打山鶉，抓鱒魚，但是我懷疑都不是為了貼補家用。操勞過度、拼死供養妻兒的美國男人，顯然不住紐英倫。

壞人難尋，土地測量員勉強可算這個鎮上的惡棍。提起他，人人都搖頭微笑。他出名愛錢。這一切對於我是極大的轉變，比起香港——據說全世界唯有香港的店家向老主顧索價更高，因為看準了他們已經習慣在此辦貨。在百貨公司櫃枱講價，店員會露出高人一等的微笑來打發你，然而講價在百貨公司與別處一樣普遍。無論買什麼，過後你總會聽說有誰從同一些人那裏買得較便宜，使你對自己的智力與個性都感到心虛，購買的快樂勢必也澆去幾分。

香港與古中國當然隔著遙遠的距離。如今知道我們關於老中國的夢可能一度是真實的，就像它在西方世界這個角落裏依然真實，是個活的東西，儘管不是我們的，也令我心滿意足了。紐英倫人大概與任何民族最善良的時候同樣地善良。有一位店主想要僱個幫手，幾個俏姑娘都不選，揀中的那位相貌平平，養著個私生孩。這裏面其實包含兩個故事。它表明任何地方都可能是「冷暖人間」（Peyton）[2]，取決於你如何看待它並且在尋找什麼。

關於〈紐英倫……中國〉

【張愛玲英文譯者】金凱筠
（Karen S. Kingsbury）

張愛玲在一九五八年九月廿一日寫給宋鄺文美的信上說過：「我曾經寫了篇輕鬆的散文關於新英格蘭，希望賣給《Woman's Day》，一篇那樣的散文值一千五。Mrs. Rodell（羅德爾太太）說她很喜歡它，但是至今也沒賣掉。」

此信全文見張愛玲與宋氏夫婦通信全集。這句之後，張對於以寫作謀生的挑戰還寫了一段睿智、痛切的話語，令這封信札值得完整閱讀。

然而，本文關心的是這篇紐英倫散文的具體情形，它在費迪南．賴雅（Ferdinand Reyher）一九五八年的日記裏也有簡短記載[3]：

六月廿五：E寫完那篇紐英倫文章

六月廿八：校閱過E的紐英倫文章。好。

張愛玲隨後寄給她代理人瑪麗・羅德爾（Marie Rodell）的該文定稿，迄今沒有找到。這篇散文目前的版本基於一份未標日期的打字原稿，它是二〇二〇年一月在馬里蘭大學的費迪南・賴雅資料特藏中發現的。[4]檔案員將它歸類於賴雅的未刊作品，但是文章內容以及張、賴雅兩人所作的修訂，都表明作者為張愛玲，而且，文章很可能就是她丈夫六月廿八日「校閱過」（"Over"）的那份原稿。

打字稿中，由於第一頁頂上的紙張損壞，有幾個單詞的全部或局部缺失。三個位於文內的單詞可以根據上下文予以重建，但是標題上也少了一個單詞，這個空缺更難填補。「紐英倫」、「中國」是否應當用「與」（and）連接？還是用「或」（or）？檔案員選擇用省略號來解決，至今看來這也仍然是最合適的權宜之計。

打字原稿上包含的修訂，可以有把握地區分為出於張愛玲之手，既有打字又有手寫，或者出於賴雅之手，全為手寫，所用墨水的顏色也較淺。

這裏呈現的版本追隨了張愛玲的全部修訂，而一律不採用賴雅的，儘管美國人也許常常會同意他對措詞的細微改動——風險是丟掉張氏全然流暢的香港英式英語當中一種可愛但不熟悉的言說風格。

然而賴雅建議的最重要改動，即重新安排最後三段裏材料的次序，卻值得完整地記錄下來，因為它暗示著兩位作家在觀點上的重要差異，觀點既是自我的表達，也是為了文章能發表而採取的策略性立場。賴雅重排的次序，會將那位未婚媽媽搬到討論中一個較平淡的位置上，將她的故事提早剪斷，並以對紐英倫和中國之距離的強調，來填滿文章的最後時刻，因而偏重了對美國和美國讀者的欣賞態度——以一九五〇年代末葉《Woman's Day》這種雜誌來說，讀者是品味不高不低的主流群體，大多是白人女性。

張愛玲是否同意這建議，並採納她丈夫提出的更明顯地討好大眾市場的策略呢？不幸這篇散文的定稿、她呈給瑪麗．羅德爾和《Woman's Day》的版本尚未找到（如果它確實存世的話）；我們證據不足，無法對這個問題給出確切的答案。

以下呈現經賴雅重排次序的最後三段，讓讀者可以自己察看兩位作家架構文中幾個關鍵點的處理差異：

> 紐英倫人大概與任何民族最善良的時候同樣地善良。有一位店主想要僱個幫手，幾個俏姑娘都不選，揀中的那位相貌極平凡，養著個私生孩。儘管有私生孩，壞人實在難尋。土地測量

員勉強可算這個鎮上的惡棍。提起他來，人人都搖頭微笑。他出名愛錢。

這一切對於我是極大的轉變，比起香港——據說全世界唯有香港的店家向老主顧索價更高，因為看準了他們已經習慣在此辦貨。在百貨公司櫃枱講價，店員會露出高人一等的微笑來打發你，然而講價在百貨公司與別處一樣普遍。無論買什麼，過後你總會聽說有誰從同一些人那裏買得更便宜，使你對自己的智力與個性都感到心虛，購買的快樂勢必也澆去幾分。

香港與古中國當然隔著遙遠的距離。如今知道我們關於老中國的夢可能一度是真實的，就像它在西方世界這個角落裏依然真實，是個活的東西，儘管不是我們的，也令我心滿意足了。

1．譯自“New England...China”。新英格蘭是美國版圖東北角六個州的統稱，十七世紀初為英格蘭清教徒逃難而至的聚居地，張愛玲在〈憶胡適之〉稱它「紐英倫」。譯文初稿幸得金凱筠教授、張潔教授相與推敲，亦承馮晞乾先生賜正，三位令譯者獲益良多，謹此銘謝。

2．《Peyton Place》是一部出版於一九五六年的美國暢銷小說，故事講述一個保守的紐英倫小鎮佩頓的情慾和醜聞，據以改編的影視作品中譯名為《冷暖人間》。

3．Personal – Diary, May 1-October 25, 1958, Box: 5, Folder: 8.0. Ferdinand Reyher papers, 0037-LIT. Special Collections and University Archives. https://archives.lib.umd.edu/repositories/2/archival_objects/14327

4 · "New England...China." -- (title obscured), undated, Box: 12, Folder: 13.0. Ferdinand Reyher papers, 0037-LIT. Special Collections and University Archives. University of Maryland Libraries. https://archives.lib.umd.edu/repositories/2/archival_objects/15152

附錄四・張愛玲手繪插圖

書籍、雜誌

自畫像
《雜誌》第十三卷第二期

《流言》再版
設計：炎櫻　繪圖：張愛玲

《傳奇》再版 上海雜誌社
草稿：炎櫻 臨摹：張愛玲

《傳奇》增訂本 上海山河圖書公司
設計：炎櫻 圖畫：張愛玲

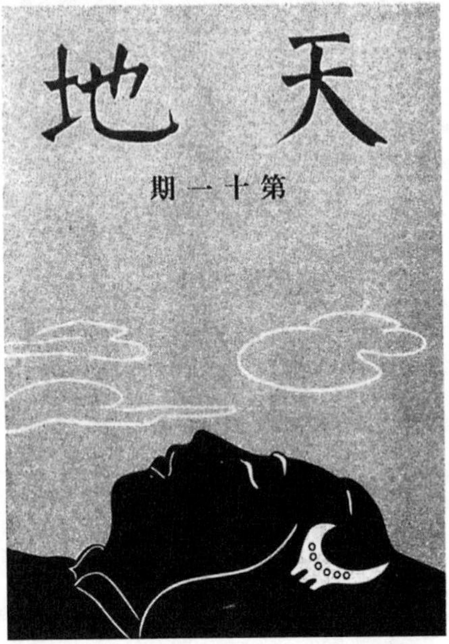

《天地》月刊第十一、十二、十三、十四期
四期封面同一幅插圖，只換了顏色搭配。

救救孩子
《天地》第七、八期合刊

無國籍的女人
《飆》創刊號

咭咭呱呱的二房東太太
《小天地》第一期

三月的風
《雜誌》月刊四月號

四月的暖和
《雜誌》月刊五月號

小暑取景
《雜誌》月刊六月號

等待著遲到的夏
《雜誌》月刊七月號

踱扈的夏
《雜誌》月刊八月號

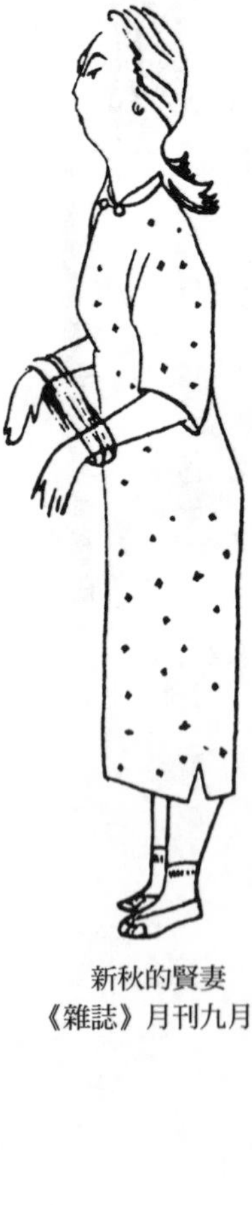

新秋的賢妻
《雜誌》月刊九月號

聽秋聲
《雜誌》月刊十月號

學校生活

RMAN

1650—1890

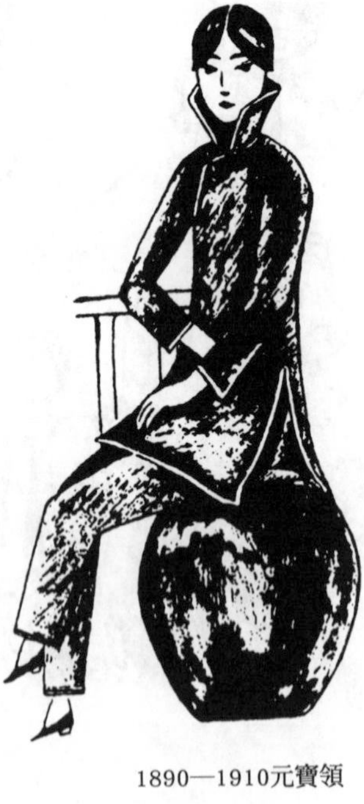

1890—1910元寶領

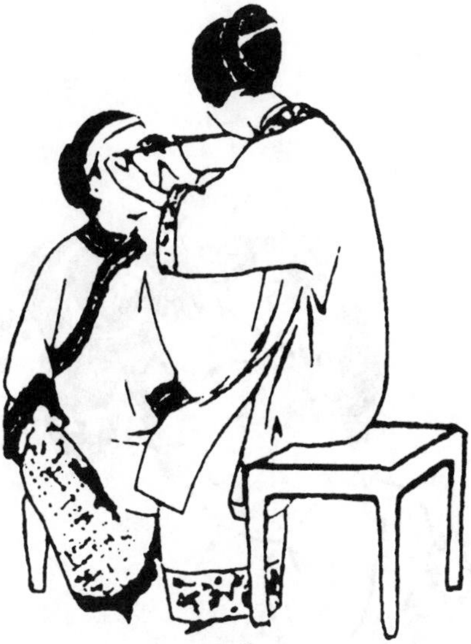

修額開臉

昭君套和十九世紀的版本

墜馬髻

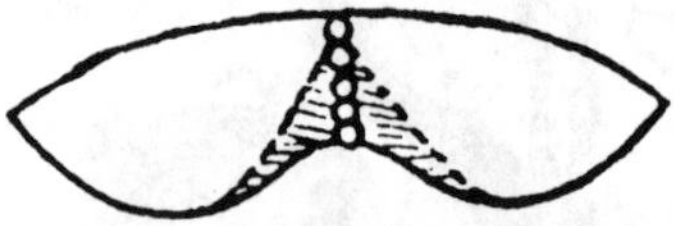

帽子邊緣的改良

1910—1920　喇叭管袖子

1921年，女人穿上了長袍。

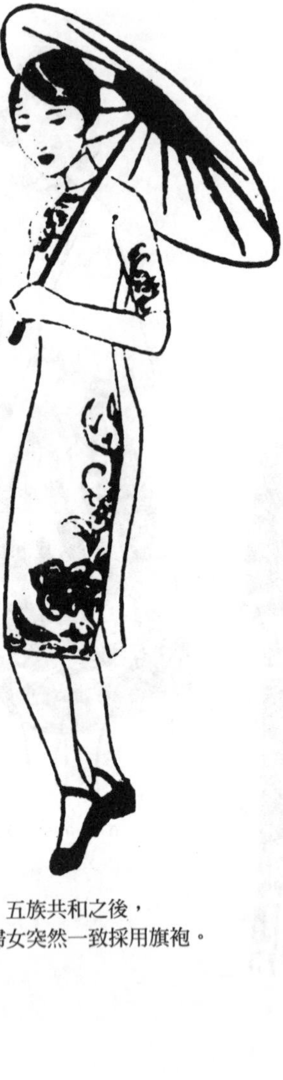

五族共和之後，
全國婦女突然一致採用旗袍。

1930年，袖長及肘，
衣領又高了起來。

近年來最重要的變化
是衣袖的廢除

・張愛玲英文作品〈Chinese Life and Fashions〉插圖，初載於一九四三年一月《二十世紀》英文雜誌。

國家圖書館出版品預行編目資料

對照記：散文集三 一九九〇年代 / 張愛玲 著.
-- 二版. -- 臺北市：皇冠, 2020.8
面；公分. -- (皇冠叢書；第4869種)
(張愛玲典藏；13)

ISBN 978-957-33-3561-0（平裝）

855　　　　109010224

皇冠叢書第4869種
張愛玲典藏 13
對照記
散文集三 一九九〇年代
【張愛玲百歲誕辰紀念全新增訂版】

作　　者—張愛玲
發 行 人—平　雲
出版發行—皇冠文化出版有限公司
台北市敦化北路120巷50號
電話◎02-2716-8888
郵撥帳號◎15261516號
皇冠出版社(香港)有限公司
香港銅鑼灣道180號百樂商業中心
19字樓1903室
電話◎2529-1778　傳真◎2527-0904
總 編 輯—許婷婷
責任編輯—張懿祥
美術設計—王瓊瑤
著作完成日期—1995年
張愛玲典藏二版一刷日期—2020年8月
張愛玲典藏二版六刷日期—2024年5月
法律顧問—王惠光律師

讀者服務傳真專線◎02-27150507
電腦編號◎001213
ISBN◎978-957-33-3561-0
Printed in Taiwan
本書定價◎新台幣380元　港幣127元

謹此致謝美國馬里蘭大學（University of Maryland）檔案館